小說拾光

黃秋芳——著

推薦序

小說中的小說萬花筒

吳鳴

二〇〇一年夏天，小說家黃秋芳轉身走進兒童文學的世界，就讀台東大學兒童文學研究所。羈旅台東的四個暑假，前兩年住在都蘭，時而駐寫東河；後兩年住臺東市郊面海的房子。偶然抬頭，長長的二十年過去了，台東成為黃秋芳小說《小說拾光》的本事與主場景。

從中文系轉讀兒童文學研究所後，黃秋芳一面從事兒童文學研究，一面創作，雖其間猶從事純文學書寫，但主要心力投注於兒童文學。作文教學，企畫、編選年度童話，系統迻寫台灣神靈、《山海經》，推動少兒文學跨界體系。

年輕時，黃秋芳是一位創作力豐沛的小說家，出版過多本短篇小說集和長篇小說，《小說拾光》是黃秋芳投入兒童文學後首部長篇小說，也是她回歸成人文學的報到書。

小說前兩章以主人翁紫燕的成長背景鋪陳，敘述紫燕由台北到巴黎做美髮的過程，以及偶然的旅行，從法國巴黎到德國蒂賓根，結識先生董嚴，因著董嚴為她畫了一幅人像。董嚴是上海世家子弟，原本帶著家人提供的學費到蒂賓根學法律，卻放棄法律以繪畫為業，生前卻從未賣出任何一張畫。靠著紫燕做美髮在蒂賓根艱困度日，最終山窮水盡，不得不返居上海。

移居上海後，紫燕繼續靠美髮維持一家生計，直到董嚴過世，建築師規畫上海文化園區，要購買董家祖傳的舊房子，並一併購買董嚴返回上海後的畫作，而以台東一間面海的房子讓紫燕母子棲身。這位建築師的部分操作模式，讓我想起上海新天地，雖非直接相涉，猶有幾分依稀彷彿。

本來我以為小說會以紫燕為主線發展，但到第三章〈拾光〉中段開始，紫燕因兒子阿世申請到蒂賓根學法律而急轉直下，從此展開複音音樂（polyphonic）的多旋律線，而不再依循主調音樂（homophony）的發展。

從紫燕在「誓言畫室」粉絲頁發出「小說拾光寫作會」公告開始，小說進入複音音樂模式。小說不再以紫燕為主旋律線，而是開枝散葉，以「小說拾光寫作會」成員為支線，發展出多旋律線的眾聲喧嘩（heteroglossia），而非單音獨鳴（monoglossia）。每個成員各自獨立又互相絞繞。附庸蔚為大國，轉為主旋律，主旋律又發展出主題與變奏（Theme and Variation），其間且雜揉五重奏、八重奏的型式，因而發展出無限的可能。

「小說拾光寫作會」公告邀約所有渴望讀小說、寫小說的熱情參與者，最重要的是，必須提出寫作計畫，無論是微短篇、極短篇、短篇、中篇、長篇，或者是每周一篇、每月一篇組成創作體系，在活動展開之前，認真想一想自己的創作緣起，每兩個月聚會一次、每次兩小時的寫作討論。從創作心理、小說最重要的開頭和過場，到寫作問題討論，讓大家一起摸索，慢慢把創作習慣轉成秩序的規律，相互督促，無論作品有沒有完成，以一年為限，最後再分享問題檢視和創作心得。

這個公告引來三男七女的參與者，恰巧與薄伽丘《十日談》裡的人數相符，從此展開小說中的小說萬花筒。

每個參與者有不同的成長背景與現實人生，黃秋芳在小說中讓每位參與者的創作各自發展，有類還珠樓主在寫《蜀山劍俠傳》同時，另開《青城十九俠》，讓《蜀山劍俠傳》的人物，各自發展成另一個不同的故事，或可謂小說中的小說。

因為小說中的小說寫作手法，使《小說拾光》在第三章以後，宛如萬花筒般令人目不暇給，一山還有一山，一水還有一水，比玄奇小說更玄奇。整本小說的時代性極為強烈，藉由拾光寫作會成員的個人經驗，時空場景從新竹到台北，從巴黎到蒂賓根，從蒂賓根到台東，從東京到羅馬，從高山上的農場到紐約；小說中對這些城市的描繪真實而妥切，我相信作者一定做足了功課。

這本小說的承載量極為豐富，以《心經》為喻，即「眼耳鼻舌身意，色聲香味觸法」。整部小說充滿顏色、聲音、香味、味道、觸感、心靈，寫盡人生種種況味。作者對音樂非常熟悉，非僅古典音樂，從柴可夫斯基到孟德爾頌，出色而當行；流行音樂的披頭四，約翰·藍儂和小野洋子的故事亦融入小說中，甚至包括統治世界金融秩序的 Rothschild 家族。

《小說拾光》的時代性極強，故事軸線經意或不經意間融入時事。從一九四五年的台灣，到二〇一九年的CVID-19，從白色恐怖到羅馬的小提琴 Giuseppe Lucci 1972，時空穿越如玄幻小說，卻又如此真實。小說從第三章〈拾光〉中段因「小說拾光寫作會」啟事，開啟參與者的十條旋律線，幾近乎完全具備交響曲的規模。交響曲除總譜外，分譜常達十五到二十個或更多，每一種樂器分進合擊，組合成泱泱大河，向前流去。而作者黃秋芳在每一條旋律線又各自發展出多條旋律線，其中第七章〈繞繞〉的故事最具典型。

繞繞外婆的故事，熟悉台灣當代史者，其本事呼之欲出。〈繞繞〉這一章的主角愛琳和繞繞，兩人是小學同學，愛琳的父親是黨國要員，住在公家宿舍。繞繞的外婆是白色恐怖受難者，外公入獄後，外婆搬到山上農場，等外公九年後出獄回家。外公死後葬在農場角落，外公元配的後人硬是將外公骨灰帶往美國，繞繞的媽媽無悔，連父親和母親死後的陪伴都守護不了。以白色恐怖的情況而言，愛琳的父親可能是加害者，繞繞的外公、外婆是受難者，愛琳和繞繞卻是從小到大的好朋友，並且一起住在台東。

愛琳大學讀歷史系，與年輕的老師去非談了場師生戀。去非的專長是西域藝術史，愛琳因此選擇以西域藝術史為專業，卻在畢業前夕，遭逢去非結婚的打擊。去非因為留在四川的家人文革中被整肅，冀期藉由聯姻台南望族千金重振家風，希望能複製 Rothschild 家族，從一枚古幣發展出控制全世界金融秩序的大家族。

小時候一放學，愛琳喜歡跟著繞繞回去他們那個很小很小的家。「繞繞的外婆好漂亮，有一肚子的故事，好像永遠都說不完，還有各種好聽的小曲兒，有的她們學得會，有的怎麼學都唱不來，只覺得特別婉轉，聽起來很容易『心碎』。……誰也沒想到，這個聰穎的女子，很快想通『叛敵通匪』和無罪開釋中的迅速轉換，世界上哪有這麼剛好的事？她不想活在暗處，跟一個『心機算盡』的權貴享盡榮華，只想過簡單生活，保釋後立刻退休，選擇了溫文儒雅的學者閃電結婚。不久後，丈夫被控『包庇匪諜』，下獄九年。她心裡很愧疚，知道是自己牽連了丈夫，不想再留在繁華紅塵，也不願接受任何幫助，帶著女兒無悔，還到缺電、缺水的高遠山區，艱困地開墾農場，甘為農婦，痴守丈夫出獄。」

這條支線由附庸蔚為大國，作者描述「從二〇〇〇年政黨輪替後，台灣人民普遍適應了政治新秩序，外省族群卻萌生嚴重疏離，從不曾有人為這樣的改變預先做過心理鋪墊和適應教育，有一大群人在外在環境改變後，心理還滯留在失焦的各種破碎鏡頭，慢慢進退失據，對國家、民族、信仰的集體價值和身分認同，從理所當然的正統，淪為茫然無措的『他者』。」可謂是非常貼近現實的書寫，但作者並未表達其個人想法，留給讀者更多的想像空間。

現實另一條旋律線是去非的人生抉擇，小說寫道，「去非照著他的計畫，用藝術做高端包裝，分別在中國、荷蘭、加拿大，建立起他的家族事業，她的研究，無論走到哪裡都不再和他相關了。早些時總是想，羅斯柴爾德的研究，就是為了替他發現侷限和補救，放到現在的真實人生，早已成為荒謬的藉口。」這裡的她是愛琳，研究Rothschild家族，是想為去非找到侷限和補救之道，但現實人生是「去非扎實地建構起自己的經濟文化小王國，她卻不能自拔地沉溺在羅斯柴爾德家族這兩百多年的虛幻時空。這個孤立的家族，在封閉的家訓中分岔出各種可能，像一種不能戒拔的癮，不斷蠱惑她繼續鑽研下去。」

於是愛琳的研究Rothschild家族，和去非的現實人生是毫不相干的了。在小說中，作者展現其百科全書式的博學，有關Rothschild家族，作者寫道，「除了法國頂尖酒莊，從英國的艾爾斯伯里谷到義大利的里維耶拉，羅斯柴爾德家族建造了無數房屋；在南極洲，甚至有一個島叫『羅斯柴爾德』。在以色列，以家族成員的名字命名的城鎮和街道，數不勝數；蕭邦和羅西尼為這個家族譜寫過樂曲；巴爾扎克和海涅為他們寫過書；家族收藏享譽藝術界，也以賽馬的顯赫戰績名震賽馬圈。累積了財富之後，他們開始對動物學和園藝學世代痴迷，自然界多達一百五十三種或次種類的昆蟲頂上了『羅斯柴爾德』這個名字；此外還有三種魚、三種蜘蛛、兩種爬行動物、五十八種鳥、十八種哺乳動物，以及十四種植物，包括一種罕見的拖鞋蘭和一種火焰百合，同樣擁有這個名字」，而愛琳竟然為了這些物種去學素描，專心建立圖鑑，埋進這些不眠不休的辛勤裡。

在敘述完愛琳、去非和Rothschild家族的纏結之後，作者筆鋒一轉，回到「小說拾光寫作會」，繞繞和愛琳討論小說主角的名字，繞繞正在閱讀《散戲》，翻出書中男女主角的名字，建議愛琳：「音樂。藝術。展覽。看到在充滿音樂氛圍的藝術場域初相識的

『蘭容』和『野陽』這兩個名字，你會不會聯想到約翰．藍儂和小野洋子？他們都像音樂和藝術中的精靈，一見就是一輩子。」從控制世界金融秩序的 Rothschild 家族，忽然跳接到流行音樂的披頭四，以及披頭四主唱約翰．藍儂和小野洋子的故事。這種片接和串連的方式，在小說中隨處如泉水般湧出，一方面顯現作者的博學，千里來龍到此結穴，亦因此發展出更多的可能。

諮商師學姐和企業家夫人死於大火的故事，帶出同志與同志婚姻議題；並穿插後山的地方故事，包括花蓮門諾醫院黃勝雄院長的人生論，台東陳爸的書屋，都具有強烈的時代性和現實感。

小說最後一章〈曾經同行〉，來到二〇一九年的 CVID-19，阿世因為疫情的緣故，從蒂賓根回到台東「誓言畫室」，陪伴媽媽紫燕。故事彷彿繞了一圈，又回到開始的地方，亦即現實中作者黃秋芳二〇〇一年就讀台東大學兒童文學研究所的寄居之地。從起點說是開始，從終點說是永遠，《小說拾光》要拾取的是生命之光，無論在哪裡，生命之光永遠存在。

我無意將《小說拾光》繁複的故事一一敘述，這本結合《心經》「色聲香味觸法，眼耳鼻舌身意」的小說，在時代與歷史的交錯中，呈現出真實與虛幻的萬花筒，以音樂交響曲的型式鋪陳，展開多旋律線的眾聲喧嘩。作者的博學多聞，細膩的敘事筆法，處處引人入勝。我相信讀者只要打開小說，就會一直不停地讀下去。

自序

拾光

拾光，像一場又一場深邃的心智遊戲。光影搖移，交織出一艘又一艘故事小船，接納著迷航在流光汪洋中的每一個人，且停且走。無論是認真或散漫、富裕或窘促、裡露或掩藏……，各種不同的心情、各種不同的故事，在日日重複的晦暗生活裡，看見一點點微光。

隨著忐忑的相遇和不知不覺的靠近和滲透，有人改變了，有人轉了個圈又回到既有的軌道，每個人，總要用自己最適應的方式找到暫時安住的角落。十個人，十種光影，牽纏出各自背後龐大的人際網絡，和我們生存的時空擦邊而過。十五歲的叛逆，二十歲的不安，二十五歲的翻騰，三十歲的分歧，三十五歲的多元，四十歲的堅持，四十五歲的擺盪，五十五歲的重振，六十歲的當下珍惜，以及各種各樣更年輕或更年老的消亡和猝別……像萬花筒的折射，在每一次相聚和分離中相互撞擊。

不同的族群、不同的成長背景，閃現著偶然浮起的小光點。黑森林、異鄉河、上海城、台東海、城隍判、圖象迷、費玉清、馬奎斯、柴可夫斯基、羅斯柴爾德、雲端社群和經濟變動……，所有的混亂穿錯，折射出台灣時空的大俯瞰，從四〇年代直到現在的集體記憶，映現出各種人生選擇，讓我們撿拾著流光，確認每個人的故事都是時空的鐫刻，並不是穿著民初服裝才叫做「歷史」。

盛接這些漂流靈魂的，是在字紙間悠然展開的讀書會。從年初延展到歲末，漫長而深刻。我們在故事中讀書，同時也閱讀著說得出和說不出的心事，以及一張又一張讀懂了、也可能讀岔了的臉顏。

為了「接住」這些破碎的流盪魂魄，不再停留於讀書會的吸收，進一步轉化成寫作會的吐露。隨著閱讀和創作的準備，低空掠行在土地和文學的依存、網路文學的回顧、經典文學的借鑒、溫柔言情的纏綿、兒童文學的拓展……，從而吸納了繪畫、音樂、影像、建築的多元滋養。這場「寫小說」的靈療，就變成「拾光魔法」的修行，歷經參加前的寫作計畫，創作技巧的示範和想像，執行中的跌跌撞撞，一直到修改、拼組、捨棄和重煉，無數屬於生命中，珍惜的、痛楚的、熟悉或模糊的碎片，一點一滴拼貼浮現，有人放棄、有人完成，這就是人生的樣貌，從沒有必然的計畫和無從疏失的督正。

瘟疫，從最初的文學隱喻，走向最後的現實妥協和人際依存。這種在無邊晦暗中，無論如何都想仰望的微光，一如生活鏡像，倒映出我自己的「人生旅圖」：二〇一七年，意外停在「醫療小站」，轉瞬就是生死拔河；二〇一八年的「送別大站」，以父親為圓心，奮力撐起來的家族大觀園，就這樣沒了；日子還是得繼續，二〇一九年，透過「小說拾光寫作會」的籌建，在創作坊，和九個起手就立志寫長篇的小說新人，跨進文學聖殿，像一列穩穩前行在康莊大道的大眾列車，忽然岔進小徑，靠虛構的魂靈重建真實。我們並肩一年，撕下標籤，放開家人和工作的綑縛，就只剩下文字，安安靜靜書寫。上課，討論，個人發表，小組分享，一路接生出音樂、傳記、武俠、同志、言情……各色各樣作品，彷如歲月召魂，每一個小說碎片，都咀嚼得到屬於每個人的流光逝水。

寫作會走到終章，我讓小說裡的每一個人都迎向未來的光。從不過度張揚的書店女孩，揭開慘烈的身世故事；刻意讓青澀的孩子在蒂賓根尋找駐留機會，讓牽腸掛肚的母親理解，到最後誰都只能是一個人；為一輩子綁在母親病床邊的乖女孩，拔開栓繩，遠跨美國，在為朋友走一趟瑞典時，繞了個遙遠的彎，遇見從沒想過的驚奇。沒想到，二〇二〇年疫情蔓延，我不得不割捨幾萬字的收尾。世界安靜下來，該留的，走不了；不想回來的，也只留下逃亡般的倉促；回家，成為唯一的光，我們從來不曾預想過，平安相守，原來是這麼奢侈的祝福和溫暖。

真實的人生，不就是這樣嗎？比小說更曲折，同時也比日月的更替循環更平淡。二〇二一年，我重寫了再平淡不過的收尾：相愛的，結婚了；結婚的，接受了所有的起伏都；不能走、不想走的，走不了；害怕失去的，還是失去了；不想講的，終究都說不出口；早已習慣的重複，換了個議題，繼續安穩地重複下去。淡淡日常，就是光和影的迷藏，曾經同行的最後，誰不是各自都分開了呢？拾光，只能是自己的故事、自己的撿藏。

《小說拾光》這一站，也將成為過去。幸好還有許多獨特的印記，搖曳成嶄新的光影，等著更多的人拾掇拼綴。謝謝九歌，在出版過字說新詮、三國漫談、童話列車、少年小說三部曲後，嵌進「長篇小說」這塊碎片，我的文學舊夢，就這樣迷離而美麗地壯闊成雄渾的跨界拼圖；謝謝吳鳴賜序的萬花筒折射，我看了一遍又一遍，好像賞玩多寶格，一次有一次不同的歡喜；更要謝謝「大叔聊古典」的毓庭，在選曲和導聆上，給了我這麼多建議和支撐；看一起在「小說拾光寫作會」著魔寫小說的依雯，讓我知道，我也曾在這世界，閃現過一點點光亮。

故事最後又回到起點，每一個結束的時空，都映現了開始的各種可能。流光漫漫，我最喜歡撿拾著的生活小碎片，還是蜷在大片的落地格子窗邊，發發呆，讀讀小說，讓暖暖的日色烘著藏在心底的故事，只要有一點光，就值得我們，微笑著，一直走下去。

黃秋芳　於二〇二一年十二月

目次

飛

母親剛離開，留給紫燕一棟房子。大片的格子窗邊，有一張舒服的閱讀椅。搖曳的樟樹暗影，映在窗面。紫燕蜷縮在窗邊，讀著母親的書，小說有點舊，偶而翻到一些頁面，細細的字，寫著她的眉批，有時候是驚喜，或者是小小的抗議，陽光暖暖的，日子好像永遠都過不完，一天翻過一天；一排又一排舊書，翻了一頁又一頁；打開抽屜，擺滿了一本又一本日記，隨手抽出一本，閱讀著母親病後的漫漫時日，以前都沒發現，母親的文字，藏著這麼溫暖的筆致。

常年不在家的父親，終於回到身邊，母親沒有怨懟，紙頁間全然歡喜。日記最後，反覆書寫著柔軟的睡衣，從第一次穿上父親為她買的棉質睡衣開始，想著這衣服應該在家裡下水洗過了吧？曬了陽光，軟軟的，帶著溫酥的香，無限的情意，融化了醫院嗆鼻的藥水味，她一穿上，有點吃驚，抬頭對他笑：「世界上怎麼有穿起來這麼舒服的衣服？」

「喜歡嗎？喜歡，就給你多買一點。」父親難得體貼，第二天夜裡，果然又為母親換了件新睡衣。就這樣，他不斷地買，不斷換來她幾乎帶著憨態的笑容。睡衣越來越多，病床邊小小的櫥子不夠用了，他特意買了個籃子，塞進病床底下，堆著各種各樣不同顏色的睡衣，簇新著，直到母親離開都來不及穿完。看著這些帶著嬌嗔的紀實，紫燕咀嚼著母親短暫人生裡，竟然有這麼一小段別人看不見的美麗，她專注翻讀著，一直讀，一直讀，直到眼睛濕了，有淚，輕輕爬出眼角，流過山根，靜靜浸濕了另一隻眼睛，有點不舒服，這才醒了過來。

醒來後，四地幽暗，臨睡前拉下的窗簾留了一點點縫隙，透出微微月光。她靠在枕間，有一種淡淡的悲傷，攪拌在厚實的信任和安心裡，酸澀中帶著點甜味，不自覺讓她從唇角邊綻起淡淡微笑。側躺在床上，眼淚沁向她頰鬢的髮絲，濕濕黏黏的，順手從床頭櫃抽了張衛生紙，按了下眼角，吸掉淚汁，隔了半晌，意識慢慢聚攏，回到現實，才想起母親已經過世三十年，父親一直沒有回來。

為母親買一件又一件睡衣的人，是大姐。她這輩子，沒了丈夫依靠，拉拔三個女兒，努力讓孩子接受還不錯的教育，生活過得這麼苦，哪還有機會留下一棟這樣透亮舒服的房子？

最重要的是，母親小學三年級時就因為家庭變故輟學，不可能讀書、寫日記。只是做了一場夢。紫燕翻過身，躺平，緊繃的屈身，一下鬆了開，仿如血管裡的小血滴安心地伸了個懶腰，自在跳竄了一會，好舒服啊！

怎麼會做出這樣的夢呢？天快亮了，屋子裡還很暗，心裡流淌著透過睡夢格子窗滲出來的暖陽，好明亮、好舒服啊！咦？又是「舒服」這兩個字。她笑出聲，日子過得太懶，腦子裡還用得上的形容詞，好像都掉光了。

以前的她可不是這樣，家人都叫她「形容詞女王」。童蒙時淋浴，看潑了水的地面倒映著燈影，粗糙的燈泡在微微晃漾的波紋裡，化成溫潤朦朧的滿月，感覺自己就像踩著月光上的凌波仙子，在水色氤氳中悠遊仙境，開心得不得了；上了小學，冒著暴風雨回家，以為自己是一艘船，張飛的外套是高漲的帆，勇敢地乘風破浪！下一瞬間就航向壯闊的遠方。大學聯考前，看著電視新聞，麥當勞在民生東路開設台灣第一家店，一大群人簇擠著排隊蜿蜒，像千萬顆淘氣的水滴搶著匯入河流。隔著遠遠地看電視，她對排隊人潮嗤之以鼻，哪想得到一上大學，從保守的風城融進大城市的第一餐，腦子裡第一個浮起來的念頭居然是：「啊，我要吃麥當勞！」像藏在身體裡的密碼猛然被啟動，「想要吃，想要吃」的渴望，像水滴渴望著湧向海洋。

「怎麼整天不是亂吃、就是亂想呢？」母親常說，三個女兒中，她最不了解紫燕，很愛吃，卻不動手，老是依靠著別人，吵著要吃這個、吃那個，簡直是專心給自己找麻煩。兩個姐姐，小學時就學會替媽媽炒出香噴噴的油蔥；媽媽到市場擺米粉攤，常常帶兩個姐姐去端盤子、擦桌子兼洗碗。

她最討厭靠近爐灶，家人叫她「形容詞女王」，不是讚美，是受不了她東拉西扯的抱怨，說她不切實際、完全與現實脫節，誰都懶得回答她的任何問題。沒人知道，就是她這些亂想，讓所有消失的日子，充滿了強烈的顏色。還記得跟著上大學第一個認識的好友阿寶，去西門町邊的中華商場吃鐵板燒，看到這麼大的鐵板，和故鄉城隍廟前的小吃對照，忍不住驚嘆：「好大片的蚵仔煎啊！」

「沒水準！」阿寶白了她一眼，嫌她大驚小怪。兩個人眼對眼，眼珠子賊溜溜轉著，一時憋不住，又一起大聲笑起來。她真沒見過鐵板燒，比不得阿寶的見多識廣，也許就是因為世界很小，腦子裡才藏著更多的可能。

那麼多沒有道理的胡思亂想，常常擠在腦袋裡，隨時都要爆炸。就是在上大學初到台北那年的年底，知名財團創辦了當年非常轟動的純文學雜誌《醇粹》，創刊號的小說徵稿，成為文學院裡大家不斷討論著的熱門話題。文學院室友們吱吱喳喳的討論，像小時候看戲時進京赴考的書生，人人都想靠一篇小說「階級翻身」，人人有把握，個個看起來又沒什麼希望。

紫燕志不在讀書，從小到大，喜歡畫娃娃、搞一些自以為是的「髮型設計」。考大學只是為了應付母親的嘮叨，魂不守舍地落在商學院，沒有人教過她任何小說創作技巧，說老實話，她連小說都看得很少，只是自由而大膽地拼組著從小到大繞著城隍廟的探索，關於「城隍爺審陽判陰」、「那他白天到哪裡去了？」的千萬種思緒碎片，有時提問，有時跳接，很多問題、很多畫面，像閃現黝暗的廟殿迴廊倏忽即逝的光影。頭髮，成為一種神祕的法術連線。她依傍在城隍廟附近，把每一尊大小神像的髮型，反覆畫了好多遍，不同的髮型，都是過往歷史一起疊積出來的結果，母親說的「亂七八糟」，是她吸收混亂的唯一秩序。

不知道哪來的勇氣，她躲在麥當勞裡寫小說，幾乎不眠不休，連阿寶都搞不清楚她在忙什麼？兩、三天內，塗寫著各種好奇和熱切，神靈交錯，鬼神紛飛，每一根髮絲裡都藏著一生的故事和審判。小說一完稿，題上〈城隍髮判〉，深怕自己後悔，連第二遍都不敢看，提醒自己，是燕子就得飛，何況她還是「紫氣東來」的尊貴紫燕，挑了個筆名「小飛」後，立刻寄出去，連地址都忘了寫。

那時候的她根本想像不到，原來一個人可以這樣放縱又這樣膽怯。後來，〈城隍髮判〉在《醇粹》刊出。為了替雜誌創刊造勢，幕後老闆特別懇請多年前以《茶花院》引起旋風卻又停筆的神隱女作家，提供新作，形成熱潮。不知道是不是刻意炒作，她的〈城隍髮判〉緊接在後，老幹新枝、文學並茂，名家導讀稱許這篇新人新作，刻意放開修飾，在粗糙中自生自長，盤旋在正與邪、光與影、傳統和前衛、玄祕與科幻、罪贖和放縱間，賁竄著各種幻滅任性的生命力，最後附上「尋找作者」和「稿費懸賞」的公告，形成神祕的懸念。

紫燕握著雜誌，看得全身發抖。胡思亂想，本來是她一個人祕密的樂趣，自歌自舞自徘徊，就是最任性的自由。塞在形容詞女王腦子裡的存貨，攤在這麼多人注目的嶄新雜誌上，她才發現自己寒傖，怕隨時會被發現，她是小飛，怕下一分鐘靈感就枯竭了，怕面對所有人的審判，如果，她開始不斷想像，如果她沒有這麼好，最後會怎樣呢？她想知道，自己其實並不夠好嗎？

「小飛」成為她的祕密，也成為當年文化新聞追蹤到最後不了了之的懸案。那樣恣意瘋狂的年歲，沒想留底稿，就算留了影印稿，也不知道會在第幾次遷徙中消失。〈城隍髮判〉的描寫和想像，無論評論裡呈現出多少緊密的節奏、繁複的意象、無限璀璨的驚嘆，都在歲月行走中迷途，成為時間淘洗後無邊無涯的記憶輕煙，遙遙散去……

現在的紫燕，別說寫小說、胡思幻想，連換個形容詞、翻個身都不容易。昨天地震，頭有點暈，牽引出她的老毛病，暈眩症發作，一直不見好。近晚躺下後，昏昏沉沉，晚餐也沒吃，忽醒忽睡，竟然夢見了母親。也許，人在生病時，意識特別容易鬆綁，她想起強勢的母親，一輩子的生活圈就繞著市場擺攤，只惦著孩子們要受更好的教育，再沒有別的物質慾望，直到臨終，在醫院愛上大姐為她買的睡衣，每天都嚷著要換新睡衣，帶著點孩子氣的依戀。

是不是在意識鬆綁後，我們都會變得任性，放縱自己糾纏在愛與被愛的難捨？自己是不是也是這樣呢？這樣一想，忽然生出感慨，原來，自己也到了母親的年紀了。人生真的很荒謬，常出現許許多多不是刻意計畫的重複。小時候總以為母親太強勢，難怪父親很少回家；和董嚴生活了好長一段時間，他的畫賣不出去，她不得不接手支撐經濟，咬緊牙關，把日子過下去，累急了就對自己打氣，沒關係，多接幾個客戶、多剪幾個頭就好。生活轉著轉著，紫燕開始意識到，自己變成了另一個微縮的母親，有時她忍不住會想，也許不是母親強勢，而是長年回不了家的父親，逼得她不得不強悍。

父親始終缺席，親族裡，沒有人提起父親。同學裡總有幾個從來不被提起的親人，大家都乖巧地學會不去探問原因，艱難迫近，誰不是拚了命地往前走？一如他們在德國，生活不容易，只能拚盡氣力，在異地撐起一個家。

日子不好過，彼此就找各種理由冷戰鬧脾氣。她知道董嚴不好受，家人寄託著千百般的期待，把所有的積蓄換成讓他「離開中國、尋找新天地」的機會。他放棄從小到大沉迷的畫，到德國蒂賓根大學選修法律，臨出國前，惦著家人殷切盼望的眼神，惦著即將面臨轉型、開放的國度，發誓要翻轉未來。

董嚴連日連夜待在法學院老老實實讀書。蒂賓根大學的拉丁校訓很簡單：「Attempto」，勇敢去試！強烈的宣示，養出一群又一群自信、自在，卻又悖離最初計畫的孩子。當地最動人的傳說，就是赫塞了吧？從小在濃厚宗教氣氛長大，牧師父親期待他繼續傳教，逼得他逃離教會學校，幾經流離，安定在蒂賓根書店和古玩店當店員，一面自修、一面創作，不斷融入這所大學城的流浪和追尋、拆解和確定，不遺餘力地探索人性的各種不同可能，最後得了諾貝爾文學獎。

這就是德國文化的本質，對漫漫追尋和內在確定，非常執著。董嚴在這樣的氛圍裡，兜著轉著，穿走在城北的自然科學園區和老城的人文學區，反覆浮沉，不斷思索著自己的定位，像赫塞的流浪，終究只能誠實地面對自己。

他上課的教室，散在各地，有時在園區，有時在書店和麵包坊二樓。思緒游離在各種色彩之外，家國的牽掛、世界的魅惑、法學的可能、美學的邊界……內卡河環著大學城，光影變幻，像一幅又一幅絕美的畫，日夕在蠱惑著他，每個無端竄長的思緒，同時被拆解，如七色煙塵，讓他懸浮、翻轉，直到他放棄了正式學位，專心畫畫，終於像種子落地，找到了自己渴望的泥土。

每一天打開眼睛，放縱自己流連在瞬間變幻的各種光影。不眠不休地畫著、修著，畫布上的千言萬語，凸顯出自然主義的嚮往，對照同樣在揭示真實的寫實主義，透出一種神祕微光，盪漾在畫體的「呈現」和「消失」之間，浮游著極東方的哲理思辯，很難說清楚。

紫燕還記得，第一次到董嚴的小斗室看畫，那些溫暖的色彩，以及隱隱約約即將消失的光影，撕開她一向表現得很開朗、很堅強的武裝外殼。不知道為什麼，她對著那些畫，不說話，只是靜靜流著淚。母親離開後，常常浮起又壓下的「無家可回，卻又那麼想家」的悲傷，洶湧著，挑破心底從來不想承認的晦暗，艱難，以及從來不曾停止的疲倦和自我懷疑。

就是那些眼淚，洗淨了董嚴所有的自我懷疑，重新拼組出他的夢想、信心和希望。他要畫，一直畫，畫出可以讓人心痛、讓人流淚，又可以從疼痛和眼淚中找到安慰的永恆。不過，當時的畫壇風氣，並不那麼接納董嚴。隨著一九〇五年「僑社」和一九〇九年「藍騎士社」先後成立，德國畫壇特別講究表現主義，注重畫家的主觀精神和內在情感，畫商經紀覺得董嚴的畫太真實、太熱鬧、太東方，少了點魔幻寫實的精神爭辯與現實抽離。

決定和董嚴在一起，不像別人想的那樣，充滿童話故事中「遇見Mr. Right」的浪漫傳奇。他們只是兩棟移植到歐洲、眼看就要垮下來的東方小木屋，不同型，不同款，同樣歪歪斜斜，不得不互相依靠，我崩向你身上、你塌在我懷裡，誰也不敢相信，還能靠自己一個人孤零零地重新站起來，只能不顧一切地推擠著，撐持著，相互依賴。那時，董嚴找到冰糖，煨了一小盆鮮河魚，鮮美甜潤，眼淚汪汪的紫燕吃了兩口就笑了：「糖放多了，可是我現在需要一點點甜蜜的生活。」

「我給你做一份甜甜的人生湯吧！」董嚴一說，她就點點頭應：「我可以替你剪一輩子的頭。」

以為這樣就可以生活下去，其實，兩個人在一起，真不是容易的事。董嚴的堅持是一種艱難的追尋，在不斷的打擊和失落中，特別需要她的支持，可是，聽他講一、兩句喪氣話，她就發火，她兼了兩份差，每天工時超過十小時，氣一上來就爆粗口，為什麼董嚴可以一直待在家裡？為什麼她養自己都夠累了，還要再養一個負擔？

心理不平衡，加上工作量太大，她得了暈眩症。發作嚴重時，不得不住院。躺在病床上，看董嚴把陪伴床挪到病床邊，陪在她身邊，靜靜躺下。這驕傲又溫柔的男子，就算睡了，眉頭也緊鎖著，好像有太多說不出來的心事，只能牢牢藏著，直到睡熟了都不敢放鬆。他的頭，靠著她的髮，呼吸的暖息，輕輕浮游在空氣中，髮絲飄了又落，想到這些天兩個人都不說話，他只挪了陪伴床，靠在她身邊，流露出心底永遠說不出口的歉意。紫燕紅了眼眶，覺得自己真傻，人生這麼有限，怎麼老是找這麼多時間對自己最在意的人輕易動怒？

是不是婚姻的基底就是這樣？有時嫌惡到連走路錯身時都刻意避開眼睛，不願意多看一眼；災難來時，卻總是第一個相尋，不假思索地緊密相依？

他們確實是兩棟歪歪斜斜的老房子，至少不離不棄，靠著一點點相互依靠的溫度，始終不曾垮下來。記得在一九九七年，香港主權剛剛轉交中國。董嚴說，既然在歐洲始終賣不動畫，一起回上海吧！他們吵了不知道多少次，那不是她的家，光想起來她就怕。可是，回台灣，董嚴又能做什呢？這樣鬧著、吵著、磨著又累著，也許是因為歐土漂離，青春時的繽紛浪漫被現實磨得越來越蒼白。

最後，紫燕妥協了。決定移居上海時，紫燕沒著沒落地安慰自己，大國即將崛起，葉落歸根，不是說，我們有五千年的歷史嗎？從小到大，她聽了幾百遍「我們是堂堂正正的中國人」，這樣的時機，也算是陪他支持「祖國」吧？

她對家國一向很無感，從小到大，因為父親缺席，所有看得見或看不見的教育，都在暗示大家，遠離政治。沒想到，有一天她需要坐上一葉小船，飄盪在從台灣「回」中國的浪濤上。對這個從小到大在歷史地理裡考了一輩子的試、卻始終曖昧模糊的地景，董嚴一、兩句：「別再說『北平』了！明明就是『北京』。」這類言語，總挑起她藏不住又說不出來的疏離。

遷居的日子越靠近，心裡的恐懼就越放大，比當年從台灣飛向歐洲，感覺還要更遙遠。他們都沒想到，漂泊的日子過得太久了，屬於上海的奇幻時空，成為日後回想起來特別溫暖的記憶。董家世居的弄堂老房子，地處「時尚現代」和「幽靜傳統」的交界，小小一段路，像魔幻展演，把近百年的新、舊上海，分隔得這樣清楚又難以想像。紫燕散步時慢慢走過，看悠閒的老爺爺和老婆婆坐在門口的搖椅上曬太陽，飄墜的梧桐葉子，每一串都垂吊著一顆又一顆精巧的小愛心，溫柔細緻，一仰首，這麼多顆心在風中招搖啊，讓人生「出走在電影裡」的錯覺。

房子雖然舊，因為住的人都凋零了，空間變大，消費又低，生活很簡單，反而在荒疏中生出一種歐旅時感受不到的寧靜。董嚴作畫，她剪髮。第二年生了阿世，在清簡中多出嬰兒的鮮嫩熱鬧，心裡暖暖的，都忘了當年回遷前為什麼有那麼多驚天動地的爭吵可以叫囂？

一九九九年春，過年後大夥還喜氣洋洋沉醉在新生活的驚喜，紫燕接到二姐電話，反覆岔來岔去，混亂拼湊著一些她其實聽不太懂的碎言斷句，什麼索羅斯資金炒作啊！橫掃東南亞又帶領國際炒家轉向香港。在電話裡，二姐說不清大姐是怎麼把畢生積蓄交給港僑同學操作，只反覆強調，她貸了筆無法想像的天文數字，說是槓桿操作，卻隨著房地產和股市泡沫的大量放空而無限下跌。二姐好害怕，哆嗦著聲音喊：「槓桿操作是什麼，我們都不懂。但是，大姐真的很糟，你快回來！」

「別擔心，我儘快到。」紫燕急著回家，這時，才發現兩岸對飛問題重重，董嚴的手續不好辦，她只能妥協，顫著聲音交代董嚴：「沒辦法等你了，我得先回去，越快走越好。」

回台後，跟著兩個姐姐沒頭蒼蠅似的轉了幾個月，紫燕很氣自己幫不上忙，又擔心家裡的阿世不知道怎麼了？沒想到那麼精明厲害的大姐，沒撐過打擊。失去全部財產，負債漫天蓋下，她跟著香港驟襲的自殺潮撒手離開。千百般的不甘心都畫下句點了，她顫抖著，和二姐從來不曾這樣脆弱而親密地相互偎靠著，像睡在大姐買的一籃又一籃柔軟又實在都穿不上的睡衣上，忽遠忽近，無從觸摸。

現在都想不起來，那時是怎麼打起精神來處理後事的？所有的時間碎片，都跳得太快，大姐才離開不久，紫燕來不及回上海，九二一大地震像驚天動地的控訴，從地底深深傳來悲鳴，赤裸裸地掀開宛如地獄的淒切悲慘，住在台中的二姐地處震央，尖叫聲藏著淒厲：「這是要我死啊！我又沒有炒股。」

「我過去幫忙吧！」紫燕趕緊說。二姐急著拒絕：「你別添亂了，我家都坍啦，擠在組合屋，沒法再多照顧一個人。可惜老家也賣了給大姐填坑，你有地方住嗎？」

「別擔心了，你自己要多保重！」紫燕掛了電話，一個人在小小舊舊的飯店裡發呆。離開台灣這些年，從法國、德國到中國，常浮起「自己沒有家了」的飄零感，再沒有任何時候像災難來時，這樣強烈地凸顯出自己的無依。打開電視，每一個切換的畫面，都是一整家人的罹難或廝守，各種人尋人的驚慌和痛楚，有沒有家的牽絆，這時看得更清楚、也更淒切。冷氣很強，她快撐不下去了，打給總機，要求加一床被子。門鈴響時，她以為被子送來了，打開門，竟然是董嚴，她乍驚又疑地盯著他，幾乎暈去，不敢置信地問：「你怎麼來了？」

「無論翻山倒海、傾家蕩產，我都得來找你。」一聽到這句話，她停了會，滿腦子血脈翻騰，一會兒，真的昏過去了。隔了好久，感受到自己躺在董嚴懷裡，紫燕動了一下，他立刻緊了緊手上的勁，抱暖了她。她想起在歐洲時，每次吵架，總是不甘願地抱怨著，為了他從法國轉到德國的流浪；想起他始終賣不出去的畫；想起每到繳房租時沒理由的大肆咆哮；想起只能苦中作樂的無止盡飢困……

年輕時跟著幾個歐洲客戶迷占星，大剌剌地吼，自己受數字2影響，無論平常多麼溫和有禮、富有想像力，就是情緒不穩，容易因刺激而發怒，有大發雷霆的傾向，再理所當然地丟給他這句話：「是啊！誰讓我這樣難相處呢？這可不是我的錯，都是因為星星的緣故。」

他們從相識到結婚，非常倉促。朋友們不住勸她：「十一月二十日出生的人，想要在紛亂的生活中尋得平靜及和諧，一定得設法與一位冷靜且具內涵的搭檔，建立起一種相互信賴和穩定的關係。」

紫燕叛逆習慣了，從小到大，誰的話都不聽。她喜歡玩頭髮，無論是看電影或張望路上走過的美女，第一眼吸引她的，多半是因為髮型。「大學」是她面對勞苦的母親不得不盡的義務，一拿到畢業證書就丟給母親：「你高興了吧？這就是你要的！接下來，我要做什麼，可由不得你管了。」

她以二十二歲「高齡」擠進美容院當洗頭小妹，店裡大部分「出師」的設計師，年紀都比她小。洗頭小妹的薪水很少，她租了簡陋的雅房，空間很小，塞滿青捲、染碗、吹風機、冷燙捲子、冷燙紙，各種梳子、剪刀……。為了把握時間加緊練習，她在租屋通道盡頭，打點出小小的工作檯，準備一顆又一顆假人頭，因應不同需要，套上「頭殼」，更換不同的「頭皮」，吹風，整髮，剪髮，染髮，冷燙，燙髮……，不斷洗啊洗、剪啊剪又捲啊捲，手指頭都被藥水泡爛了。

無論睡眠時間被壓縮得如何稀少，她都不曾抱怨，只是不喜歡這些化學藥水，總相信高明的剪功，可以傳遞出燙和染都無從相較的自然美感。隨著所學變多，拓展出更多可能，一回到宿舍就抱著這些人頭，綳上假髮，練剪，透過這些不要命般的練習，加強速度、熟練技法，把全部零用金都用來添購不同特性的人頭。印象中，好像蒐集了十幾顆頭，搞得其他房間的室友，半夜醒來上廁所時驚聲尖叫，她只好在入睡前，輕輕為這些心愛的人頭「晚點名」，小燕一號，小燕二號，小燕三號……，最後才戀戀攤開一條大布，蓋住這些寶貝。

那陣子她很少回家，偶而回到家，母親看到她爛糊糊的雙手，總是皺著眉唉聲嘆氣，一個女兒養到大學畢業，到底圖個什麼？為了「導正」她的人生，母親上市場時，總不忘帶著她的照片，隨時隨地遇到人就遞上照片認真「推銷」：「有沒有剛好合適的對象？」

市場裡的生活，習慣了相依為命。大家接到使命，爭相熱情推薦，從殺豬的、賣鵝的，擴大到親朋好友的人際圈，做保險的，做土木的，搞房地產的……，人人都覺得是為她好，她卻不識相地崩落在崩潰邊緣大吼：「我怎麼就只能待在菜市場？不嫁，不嫁，一輩子都不嫁！」

好不容易熬到出師，薪水多了些，她還是住在簡陋的房間，比以前更省，只是歡天喜地找了個家教，專心致志學法文。上課教材，特別選定她精選的最新法文髮型雜誌。沒幾年，母親過世，她覺得做女兒的責任已了，也沒和兩位姐姐商量，一個人遠飛巴黎。

本來計畫到十八區，光想起「蒙馬特」三個字就覺得很浪漫，不過，法文老師不太贊成，推薦她到十三區，治安好一些，但終究是移民區，還是要很小心。在巴黎的日子，和她原本想像的不太一樣。光鮮的時尚，美麗的地景，對照日常生活的窘促，更覺得疏離。沿著塞納河散步，第一區的羅浮宮、皇室宮殿和各種熱門花園，沒錢買門票，只能在外圍走走；左岸的艾菲爾鐵塔、拿破崙墓和奧塞美術館，走近了才知道，不過都是遙不可及的童話故事。

雨果的《悲慘世界》，才是法國生活的真實，越熱鬧的地方，越容易生出一種異鄉人的孤寂。她一直不想去第八區，香榭大道旁的精品、時裝，提醒她越來越冰涼的晦澀夢想。放假時，她習慣在十三區閒走，越南河粉啊！星洲火鍋、華人餐館這些東南亞美食，煽點出繽紛熱鬧，她只要吃了點東西就會滋長出勇氣，快炒的喧鬧和油膩的煙氣，讓人多了一點點活下來的慾望。

第二年夏天，和住在蒂賓根的同事 Olivia 一起回鄉，算是她在歐洲第一次「奢華的旅行」。也許是工作太累了，她們都不想安排行程。Olivia 起得遲，幾乎有半天都在睡覺，她習慣一個人閒走，公園很多，隨時可以躺下，風很涼，側躺時斜看著細細的草，如一片荒原。

董嚴就在草原寫生中，畫出懶洋洋的她。那時，他們都沒想到，她不只走進他的畫，也走進他的生命，成為他從不放手的風景。

一直抱著不婚決心的紫燕，不顧同事、朋友的勸阻，放棄巴黎最時髦的剪髮風尚，也沒通知在台灣的兩位姐姐，很快嫁給董嚴，遷居到連 Olivia 都受不了的「慢吞吞的蒂賓根」。她倒不覺得蒂賓根有什麼不好，只是在自己覺得被挑釁、或者生活不如意時，總恨恨說：「我想要的平衡關係，一定得冷靜。你一點都不冷靜，我們不配，誰叫你來招惹我？」

現在回想起董嚴種種，怎麼都應該算得上「冷靜」吧？只是，暴怒中的紫燕，習慣把「你一點都不冷靜」當做口頭禪。一想起「誰叫你來招惹我」這樣囂張瘋狂的話，她臊得把臉埋進他的臂下。九二一過後，餘震不斷，躺在董嚴懷裡，感受到一種從來未有的寧靜，仿如走進天長地久，忽然這麼確定，就這樣一直到老就夠了。

她難得地反省自己，嗯，好像有點喜歡隨便遷怒。好奇怪啊！他們一路堆疊出這麼多爭吵和怨懟，地震時、打雷時、所有害怕恐懼的瞬間，卻這麼習慣想起他、依賴他，災難來時，看著那個愛過、怨過、爭吵過，並且因為生活洗禮而變得這麼平凡的人，慌慌張張趕到身邊，真覺得好安心。這就是婚姻裡的愛情吧？只可惜，大半的人都不知道，這樣晦澀的愛什麼時候就沒了？總要到災難來時，才發現得孑然一人的蒼涼。

紫燕坐起身，看了看窗外，台東初醒的天色，有種看不膩的乾淨寬闊，她握緊了拳又鬆開，活絡手指頭僵硬的血路，再疊起手，拉高雙臂，伸展了身體，好像整個人慢慢都甦醒了。想起和董嚴一起走過人生的二分之一，經歷這麼多的爭吵、和解、咆哮又靠近，直到他走了，才這樣眷戀。

他真的對她很好。可惜，又能怎樣呢？一個人的生活，連好好煮一餐都怠懶。阿世上大學後，積極申請蒂賓根大學交流獎學金。為了弭平老爸半生的惆悵，這孩子真的學法律去了，還洋洋得意地炫耀：「台灣的蒂賓根大學法學博士，你知道有多神氣嗎！知道林山田吧？台灣刑法學權威，建國黨第一屆副主席，台灣教授學會會長；還有，黃茂榮，知道吧？台灣民法學權威，司法院大法官。啊，對了，專長勞動法和民法學者黃瑞明和專長刑事政策和刑事法的盧映潔，這些名字，說出來都嚇死你。」

紫燕看著模樣幾乎是董嚴翻版的兒子，覺得很好笑，這些名字，辨識度不高，聽了就忘，不但嚇不死她，還真的一個都沒聽過。她摟近阿世，有點捨不得，不相信這個一向和她相依為命的孩子，這麼快就急著四處去飛。

原來，無論愛或不愛，孑然一人，就是最後的真相。年輕時，誰都喜歡倔強地抬高下巴喊：「我不嫁！」自以為是地翻著《漂鳥集》，賣弄著泰戈爾：「生命如遠渡重洋，我們相遇在同一條窄窄的船上；死亡時我們同時靠岸，又向不同的世界各自奔去。」

我們喜歡在咖啡廳聊人生、談無常，再瀟灑地揮揮手，標榜著這世間誰不是一個人？再親密的朋友、再恩愛的夫妻，時間到了，都得各自離去。那是多麼囂張又美麗的青春姿態啊！像她的阿世，正急著向不同的世界奔去，當然不知道母親現在想的，就算只同行一小段路，也有一小段足以驅逐孤單的溫暖。

窗外的天色亮了，房間還是很暗，屋裡堆了太多雜物，得找一天好好整理。紫燕的情緒，還停留在夢中那面搖曳著樹影的敞亮窗子，忍不住看向佔去大半窗面的那幅一百號的〈飛〉。回台後，最珍愛的就是董嚴這幅畫，即使釘了櫥櫃的臥室，牆面不夠大，仍執意要掛在窗邊，就為了每夜睡前看看這隻飛鵝。畫框太大，僅露出一小縫陽光，隱隱框出微亮，照出一隻會飛的鵝。真的是鵝，不是天鵝喔！就只是隻一般農家隨地看得到的白鵝，那是董嚴對她慎重的評點：「你知道嗎？你的生日和瑞典小說家、同時也是諾貝爾文學獎第一位女性得主拉格洛芙同一天。你的名字是紫燕，這麼瘦小又這麼年輕，就有勇氣四處去飛，像她寫的《騎鵝歷險記》，橫跨千里，毫不猶豫地飛進我的生命裡，你想過這個生日印記，對你有什麼特殊意義嗎？」

她的心跳，忽然漏了好幾拍，幾乎忘了呼吸。她工時很長，不像他有這麼多時間沉迷閱讀，第一次聽他談拉格洛芙，想起藏在心裡很久不曾想起的那個叫做「小飛」的小說家，以及一篇早已塵封的小說。

董嚴很迷拉格洛芙，連帶對同一天生日的紫燕也諸多疼惜。還記得，他喜歡在綠蔭如金的好天氣，依傍著她，在一棵又一棵連綿如城堡的松林間，像文化史小老師般絮絮叨叨地為她解說，拉格洛芙喜歡英雄傳奇，又有能力翻新冒險與成長，應邀為「瑞典小學教師協會課本委員會」編寫介紹瑞典地理歷史的教育讀物時，掙脫北歐傳統，逆轉「違抗宿命、走向死亡」的崇高英雄寫作模式，反而塑造出一個頑皮的小男孩尼爾斯，因為欺負「好運精靈」，被魔法變小，這時，有一群野鵝飛越過農場上方，家裡的大白鵝拍翅準備跟隨時，尼爾斯跳上鵝背，企圖留住家裡的財產，卻只能無奈地隨著大白鵝起飛，橫跨瑞典，在奇幻想像中，揭示了形象鮮活的真實地景，最後，董嚴溫柔地勾起紫燕下巴，定定看進她的眼底：「認識你，是天意。總有一天，我也要像拉格洛芙一樣，畫出我所珍愛的土地。」

回還上海後，董嚴透過畫筆，認真記錄著他想念的土地。巷弄裡的老房子，梧桐樹的綠蔭，外灘的繁華，佘山的幽山水影。紫燕特別喜歡他在朱家角的如夢古境中，兜進蒂賓根古牆的素樸寧靜，水色裡混著內卡河的溫潤晶瑩，看著看著，彷如跨越前世今生的糾纏，全都變成蕾絲般的細緻純美，拼貼在此時此地，讓她生出「不枉此生」的幸福感。

看著他在光影彩繪中這樣執著、這樣挑剔，筆尖的色彩，像土地上一個又一個艱難攀爬的「坎」，鍛鑄著嚴苛的自我要求，永遠面對著「好，還要更好」的挑戰，每拔高一點點精進，意味著對遠方又多了一點點渴望。她覺得有點害怕，總覺得在蒂賓根才終於放鬆長大的董嚴，慢慢被這些顏色抽魂裂魄，越來越顯得單薄。氣餒時他會提議，要不，先掙點錢，等掙夠了，再專心畫畫？紫燕總是心疼地靠在他的胸膛上，聽那強大的心跳聲，一震，一震，彷如向天地發表宣言。這時，她就會仰起頭，閃爍著亮亮的眼睛問：「這世間的追尋，多的是一輩子過去了，錢沒掙夠、畫也荒廢了的人。你會變成這樣嗎？」

為了讓董嚴安心畫畫，紫燕在董家世居的老房子前廳，隔出一個小髮廊，帶點簡約法式風，金色的窗框、全白的牆面，搭上鑽石吊燈，還配置舒服的白沙發和金色的小圓桌。那時，大家都相信海歸等於「時髦」，全盤接受紫燕強調的新觀念：「燙和染很傷髮質，剪功可以完成一切『美』的任務。」

她那完全違逆傳統認知的想法，顯得很「先進」；還帶進前所未有的「預約制」，工時短，成效佳；從德國帶回來的一大箱超優質洗髮精和護髮乳的神祕加持，讓髮質很快得到改善的客戶，熱情地相互介紹，她做得輕鬆又愉快。尤其，當大家發現她不接受近晚預約，黃昏時總是在河堤散步，不僅有效率地舒展身體，更把每一天的日出日落當作禮物，真摯地珍惜每一天，越讓大家覺得，她是一則童話傳說，能夠預約到她的時間，好像把內卡河邊的歐洲風情融進日常生活，有一種當時非常被熱推的「異國浪漫」。

有些熟一點的客戶，為了追逐這種新進的「西歐情調」，一知道她先生是畫家，就捧場式地到家裡來看畫。只可惜，上海剛開放，人們自以為國家就要和世界接軌，總覺得這些畫不夠鮮豔、不夠熱鬧，而且畫得有點像歐洲風景，不夠東方，少了點「大國正要崛起」的民族自信心。聽著這些婦人嚼舌，董嚴恨恨撕了幾張畫，啞著聲問：「我在國外，人們嫌我太熱鬧、太東方；好不容易回到家，怎麼人們又嫌我不夠熱鬧、不夠東方了？我這輩子是來不及功成名就了？」

紫燕心疼得不得了，卻不知道如何安慰他。什麼才算是功成名就呢？除了畢卡索這種得天獨厚的人，大半成為人文財富的畫，都沒能為畫家帶來富裕生活。常玉、潘玉良這些後來被公認的大師，她以前在法國，聽到的都是他們飽一餐、飢一頓的故事。每看到董嚴不吃不睡地畫，畫到肩頸僵硬、胃寒腸弱，看著他身體越來越差時，就覺得只要活得好好的，健康，開心，還可以陪小阿世快樂又淘氣地長大，不就是很棒的功成名就嗎？

怕董嚴繼續想不開，她在髮廊區隔出一個展覽室，把他的畫搬到髮廊，讓看畫的人在畫廊說說就好，別再鑽進他的耳朵邊。他這樣情緒緊繃，日顛夜倒，藝術追求和生活窘迫交錯成巨大壓力，在慢吞吞的蒂賓根，還顯不出躁亂；回到人口密集、時間速率日夕加快的上海，身心慢慢失控，最後終於垮了下來。

董嚴一病，紫燕等於半退休了。本來想一邊照顧他、一邊也在硬撐十幾年後藉機偷個懶，沒想到，就在九〇年代私產開放的關鍵時刻，上海以一種世紀巨獸般的恐怖變形，蛻變、進化。豪華得像童話宮殿般的髮廊，衍生如雨後春筍，更新、更大量的「海歸」美學代言人回來了，老客戶跑啦！新客戶精明勢利，急切得不堪等待，預約制被打亂，她專攻的剪法也被視為落伍。

當存款不斷消耗，紫燕決心打起精神重新振作時，發現客戶初富，大家都變得挑剔而苛薄，拿起剪子，多出些年輕時想像不到的沉重和倦怠。生活越來越窘促，開心的事越來越少。怕董嚴多慮，她學會壓下情緒，盡量避免爭吵，只在一個人的時候，繞著「到底還要不要繼續剪下去？」這個問題，轉了好長一段時間，卻又迫於生活，不得不繼續。

這樣揹負著重重的經濟壓力，駝著身子剪髮，直到董嚴離開，紫燕在悲痛中，竟有種「鬆了口氣」的解脫感，這又讓她陷入濃稠的罪惡中。幸好還有吵吵鬧鬧的阿世，讓她調整心情，努力適應生活的改變，奮力在驟降的剪髮業務中想辦法開發新客戶。沒想到，新客戶怎麼拉也拉不進來，老客戶卻帶著建築師陳承業來看房子，把她丟進驚天動地的改變。

「要不要賣房？」這問題來得太突然，她有點反應不過來，只認真看了看他。一身雪白的「三宅一生」，彬彬有禮，客氣地寒暄著，話題從長期待在英國受教育和工作的小趣事，轉到他在周遊世界各地後，深切愛上這些建於三〇年代以前的老房子，準備在河岸規畫出包括辦公室、會展、餐飲、旅店、人文咖啡的大型文化青創園區，工作空間包含環境藝術、工業產品、服裝飾品、影音視像、圖像軟件、創意市集……，最特別的是，集納數百個超級網 Bar，讓任何人都可以接案子，二十四小時辦公，與世界同步接軌。

「挺好的。」紫燕聽著聽著，忍不住想起，當這座大型創意中心正式崛起時，洋溢在董嚴畫中光影處理的溫舒熱鬧、畫體呈現的東方疏離，是不是就到了「剛剛好」的時機？就在她沉溺在自己的胡思亂想中，忽然聽見：「這樣可不可以？」

「什麼可不可以？」她一時沒聽明白，對自己的分心，有點不好意思。陳承業再次說明，這些年工作壓力大，特別喜歡董家老房子的素樸、厚實，重要的是交通方便，夠他過幾年簡單、隱密的小日子。傍著即將展開的園區大計畫，他開出來的房價，倍數超出附近行情，著實讓紫燕吃了一驚。陳承業解釋，上海現存的老洋房近五千幢，百分之九十以上歸國家所有，私有產權的老洋房不到兩百五十幢，產權清楚的，不超過一百幢，這就是董家老房子的稀有性。

起初，她沒有當真，董嚴的家，就是她和阿世的家，從來沒想過要放手。後來，陳承業來了幾趟，聊開了才知道，他也來自台灣，兩個人年紀差不多，人在異鄉，特別珍惜僅存的那麼些記憶。和董嚴在一起的漫長歲月，沒人可以和她一起回顧肉圓、貢丸湯和新竹米粉，還有讓人懷念的雲州大儒俠和楚留香，她一點都沒想到，自己還可以這樣眷戀地聊起石門水庫完工、紅葉少棒、十大建設、竹科工業園區，以及當時覺得很害怕、沒想到後來卻越來越平常的話題。

台美斷交、美麗島高雄事件、陳文成陳屍台大、解嚴、報禁解除、總統直選、鄭南榕自焚、野百合學生運動、國會全面改選……，甚至連她爸爸消失的來龍去脈，他也透過白色恐怖的幾個分歧點，為她做了一些推測。所有報紙上讀來的消息，以前只覺得像小說一樣遙遠，隨著陳承業一路勾勒，讓她深刻感受，這就是她的家、她的國，忽然對這所有的改變生出一種「都和自己有關」的親密感。

董嚴從來不談政治，一起生活了半輩子，家裡不曾談過文革或天安門。陳承業不一樣。她離開台灣，才約略拼湊出禁忌話題的背後故事，隨著他固定來串門子，紫燕慢慢理解，關於彭明敏的台灣人民自救宣言、保釣遊行、王幸男郵包、中壢事件、江南案……這些對她來說，可能有點複雜、又有點「驚險」的話題，以前住在島裡，總以為和自己毫不相干，現在離得遠了，反而越來越覺得接近。說也奇怪，她從來沒發現，原來，自由自在聊著故鄉的人、故鄉的土地、故鄉的故事，可以讓人這麼快樂。

母親走後，她一直活在「已經沒有家了」的悲傷裡，董嚴走了，更覺得飄零四方，不知道該還有什麼可以依存？忽然，多了個不算太熟的朋友，不斷喚醒一些以為早已遺忘、其實卻盤根錯節的依戀，心底多了個熱呼呼的值得想念的地方。她想起離開老家那一年，剛考上大學時，擠進台灣第一家麥當勞去湊熱鬧；那些文學院室友瘋狂嚮往的《醇粹》雜誌裡，藏著一篇幾乎快被自己遺忘的小說；也是在剛上大學那一年，看母親熱火火地沉迷電視劇《一翦梅》。那時住在宿舍，沒趕上熱鬧，反而在遷居上海後，發現一本又一本言情小說反覆援引著〈一翦梅〉的歌詞：「**真情像草原廣闊，層層風雨不**

能阻隔，總有雲開日出時候，萬丈陽光照耀你我」，無限蒼茫，鋪陳出超越生死的決然深情，穿越也好，宮鬥也好，甚至是修仙、鬼狐，都帶著這麼點純愛的言情味。

上海初開放，四處蔓延的小酒館，反覆傳唱著費玉清輕唱的纏綿：「真情像梅花開過，冷冷冰雪不能淹沒，就在最冷枝頭綻放，看見春天走向你我，雪花飄飄北風蕭蕭，天地一片蒼茫。」，連她沒事都可以揚高了清音哼上幾句副歌：「一翦寒梅傲立雪中，只為伊人飄香，愛我所愛無怨無悔，此情長留心間。」

到底《一翦梅》演了什麼呢？那時候的母親，看著那些深情真摯的等待，心裡又在想什麼呢？不知道回台灣以後，還找得到DVD嗎？這麼些無關緊要的細節，像顆小小的種子，埋在她的心裡，這裡一點點、那裡一點點，不斷抽長，回台灣的念頭，就這樣無法抑遏地冒出來。

想念，大概都是從這些無關緊要的小地方開始吧？她這一生，飛來飛去，從新竹到台北，從台北到巴黎，從巴黎到蒂賓根，從蒂賓根到上海，總是說走就走，越飛越遠，以為世界很大，從沒想過要安定在哪裡？

阿世小學畢業時，她開始慎重考慮，帶孩子回台灣。

此生囚牢

董嚴這棟老房子，是自己和阿世相依為命的家。能不能夠捨棄呢？紫燕反覆地想，始終無法確定。最後說服她放手的關鍵是，陳承業看房時停在髮廊展覽室，凝視著董嚴的畫，不知道過了多久，忽然問：「這些畫，可以一起賣給我嗎？」

牆面上將近四十幅上海風情，幾乎就是董嚴回遷後的全部心血，藏著他對故鄉全部的糾纏和整理。上海從「南京條約」五口通商開埠後，遠自一八四五年起，先和英國簽訂「上海租地章程」，接著美、法相繼設立租界，異國風情幾經擴張，一直被稱為「十里洋場」，是遠東最繁榮、也最多元的經濟和商貿中心，可說是道地的「冒險家樂園」。

直到現在，和周圍的江蘇、浙江兩省高速發展的諸多城市，構成長江三角洲城市群，上海就更繁榮了。這種新舊歷史的拉鋸和對照，剛好呼應董嚴從蒂賓根帶回來的自然主義光影處理，回到故鄉後，又深化出一種更為飄忽的不確定感。他那「生不逢時」的溫舒熱鬧和東方疏離，到了陳承業眼底，烘焙成「剛剛好」的時刻，融合工商生活、科技美學和環境藝術的共榮圈，凸顯出他正在規畫的多功能青創園區的文化厚度。

「只要用心推展，董嚴的畫可以和這座城市的改變、以及整個河岸商辦城，一起蛻化、存續。」陳承業看向紫燕，沒有強勢的說服，只溫柔勾勒著自己的想像：「如果順利的話，以後人人可以在董嚴最心愛的城市裡，看到他的畫。」

紫燕忍不住哭了起來。董嚴這輩子，綑縛在顏色裡，像個掙脫不開的囚牢，愛了一生，也痛了一生，總算，他的畫被一個人看見了，他自己卻不知道。

後來，陳承業帶了設計圖來家裡，介紹園區計畫中特別為董嚴展畫規畫出來的八角廳，透過藝文工作檯的多元功能，強化人流。停了一會，順便又攤開他自己準備增改的私人住宅圖，向紫燕解說，這棟老房子的原始建體，天花板選用了歐洲進口的防輻射絕緣材料，添加隔熱層，冬暖夏涼，只要加固，就能再使用很多年；堅實的內料，裎露出房頂的大樑，那是由北美海運來的西洋杉木，處理後會呈現渾樸的光澤；最有意思的是，處理掉牆體表層的洋灰後，厚重的老磚，還看得到斑駁的「三甸制磚廠」名號，滲透出複製不來的歷史感。

原來，這棟她生活了這麼多年的老房子，還藏著這麼多故事。就在這一點點、一點點的認識中，紫燕決定放手，把屬於這屋子所有的老記憶，交給更能照顧它的新主人。說起來有點吊詭，直到準備離開了，她才真切理解，上海這座城市沿襲自英、法租界的那種特有的「古董味」，滄桑中帶著點溫暖和惆悵，難怪她每一次在巷弄中蜿蜒進退，或者在不知道轉身以後多少年，總有一種時光游離的惆悵古韻，抑著、掩著，仍撲面迎來。

「我保證，一定比任何人都更愛惜這棟老房子！」陳承業刻意在設計圖上，點出附設在髮廊轉角的展覽室：「這個房間，具有出入上的便利性。我會改裝成門戶獨立的小客房，提供給董家子弟，讓他們過境上海時免費暫居，日後你帶著孩子回來，也能留點念想。」

董家子弟過境上海時免費暫居？紫燕一聽，鬆了一口氣，本來還壓在心中的一些些愧負感，稍稍卸下。回想起當年跟董嚴回來，他的父母親都不在了，和董家親戚們打個照面，大家都很客氣，除了逢年過節見個面，平常都不往來，賣了董家的屋，總有點不安，現在，陳承業替她解套。她找不出拒絕的理由，就決定賣房。接下來呢？當陳承業和她討論起未來的計畫，她有點茫然。她做決定，一向很衝動，不善於做長期計畫，只惦著回台灣。至於去哪裡？日後想要做什麼？孩子該在哪裡讀書？全沒個打算。

幸好，陳承業很能幹，心地也不壞。董嚴的畫，紫燕遲遲訂不了價，他就換給她台東市區一塊臨海的地，方整、漂亮，還有一棟簡單的兩層樓房。這樣好嗎？紫燕有點遲疑。她一直期待著董嚴功成名就，真正功成名就的樣貌，卻也沒有多想，用他的畫換地，別人看起來是「天上掉餡餅」的大好消息，她的心卻刺了一下，好像親手賣掉他的一生，換了地留給她們母子倆，他這一路經歷的執著熱情和壓抑痛楚，全都落空了。

「董嚴的畫，目前沒有成交紀錄，同一時期也沒什麼對照畫家可以估價，畫價如何，不過你情我願。」陳承業看她沒接話，還是耐性勸她：「他這一生這麼努力地記錄著他的故鄉，應該也樂見這些畫，成為你回到故鄉後的滋養。往另一面想，如果搭上園區順風車，讓他的畫順利流通，你手上還有很多他在蒂賓根的畫，留著上漲空間，也算陪著他繼續奮鬥，我們還可以努力推廣他的畫，這是你的心意，並沒有對不起他。」

紫燕忐忑到最後，終於點了點頭。陳承業還有很多話，沒有說出來。用台東那塊市中心地段，換從未賣出畫的未成名畫家作品，他的朋友們都不以為然，說實話，連他自己都知道，這些畫確實被高估了，除了對董嚴一點點純粹的敬意，更多的是他對自己在中年回眸，遙望消逝的青春熱血時，悵然反覆的戀戀回眸。

這麼多年來專注地經營高端建案，多少得看點畫，他認識太多極具天分的畫家，在粗糙的現實磨折中，生出「先掙點錢，掙夠了再專心畫畫」的一點點妥協，到最後過了一輩子，錢沒掙夠，畫也荒廢了。他想起收在倫敦家裡那張十九世紀維多利亞女王時期的骨董書桌抽屜裡的一疊又一疊學生時期的設計稿，充滿理想色彩，始終沒有正式動工。日後Emma整理時，會用什麼心情來看待？還會像年輕時他們在設計學院那般，翻著他的圖，細細的指尖拂過紙面，聽他像魔術師般幻演著各種未來的夢想，一遍一遍在時光浪濤裡翻騰，回到青春最初，想像著所有未完成的美好嗎？

學生時期的他們，什麼都沒有，只飽藏著做夢的能力。談戀愛時，他不知道Emma來自於那麼顯赫的家族；畢業後的婚禮，像王子和公主的童話故事，他的能力，加上她的家世，讓他在創業時多出很多助力。第一個建案成功時，他們在愛丁堡買了個小別墅準備避暑，後來，為了迎接Harry出生，又在巴斯買了個溫泉莊園，盼著深冬時一家人守在一起。那些簡單的願望、真情的約定，直到現在，想起來還是很甜蜜，只是，這麼多年都過去了，無論愛丁堡或巴斯，他們都不曾一起去過。

創業後，工作時程擠掉了婚姻生活，兩個人分開的時間，比聚在一起的時間多太多。他忙著別人看起來很成功的事業，心裡總壓著卸不下的負擔，有些案子順利推出、有些卻只是博弈殘局，趕著飛這、飛那，多的是收拾善後的疲倦。一直到現在，他不知道Emma怎麼使用這些物業，除了曾經出借給幾個要好的死黨，他自己也從來不曾停留過。

為自己打造一個小天堂，有一天可以好好歇一歇！成為他隱密的渴望。每接到一個大案子，他習慣在附近逡巡著，找個無關公務的小角落，像他在上海造鎮時找到董嚴家的老房子重新規畫，為自己打造一個祕密的角落。

十幾年前，幾個建築圈朋友打通了台東政商關係，大家聯手炒作土地，闢建出光鮮漂亮的外環道，建構出燦亮的遠景。只是，政府財政拮据，連外環道的路燈電費，都得盤算著儉省過日子。這樣兜了幾年，人潮沒有進來，地一直荒著，扛不了資金壓力的人，紛紛拋售，他也慢慢處理掉那些地，只保留當時特意準備的濱海小屋和一小片庭院，仿如心裡還留著點清亮的嚮往，遠方有一個屬於故鄉的家，通往那山、那海，以及深夜時素樸無塵的月光。

忽然提出要把那塊台東淨土，換了董嚴的畫，連自己都有點意外。回家後慢慢想起，年輕時的自己，特別嚮往簡單生活，總盼著打造一個又一個桃花源般的小建案，為大家預約幸福。屋子不必大大，每戶庭院一定得配養一棵姿態動人的大樹，迎接朝陽，享受月光，一點一滴籠住記憶、創造光影，像董嚴堅持畫下來的那些畫。沒想到，日子走著走著，自己的大半推案，都靠向業績和利潤，和那些「先掙點錢，掙夠了再專心畫畫」的畫者沒什麼兩樣。

建築界誰不是這樣？大家都湊合著，以豪宅之名，複製擴張，攀富競奢，渾渾噩噩過了一輩子。看到董嚴的畫，好像又遇見生命最初那種純粹晶瑩的理想。心裡有一個柔軟的角落被刺了一下，就是這赤裸裸的疼痛，讓他意識到，年過三十，我們都關進一個叫做「一輩子」的監牢裡，重複著無論喜不喜歡、全都慢慢習慣的重複韻律。

把台東小屋換給紫燕，會不會就是自己掙脫渴望掙脫「此生囚牢」的徒勞？看到紫燕，同時也讓他看到昔時最甜美的Emma。Emma早就在世俗的妝點中，累積出太多貴族階層的風華作態，他不知道為什麼紫燕還可以這樣相信董嚴，是不是這種單純的依賴，挑起了他的惆悵和其實早已遺忘了的熱情？

陳承業壓下自己的情緒，俐落地辦了過戶手續。上海園區剛開工，忙得不得了，他沒辦法陪她看地、看房子，只發了地址過去，語氣裡帶著溫暖的歉意：「先將就住著吧！等我空了，再飛一趟去看看你。房子啊！都是這樣，住著住著，各種新的需要就成形了，等你想清楚，我再幫你改建。」

像當年什麼都不懂就勇敢地飛往巴黎，二十年過去了，紫燕又什麼都沒有計畫，帶著阿世回遷台灣。飛抵台東時，無論是搬運師傅或鄰居，看著她運來這麼多畫，都忍不住問：「你是美術老師吧！想要開兒童畫室，是嗎？」

她有點意外，又帶著點小小的歡喜。回遷台灣前，她聯絡了二姐，二姐很擔心，台東人非常節省，剪髮頂多一百元，法式髮廊不容易生存。她沒有告訴二姐，這些年她摸頭髮摸得倦了，年輕時愛漂亮，就這樣洗啊洗、剪啊剪又捲啊捲，過了半輩子；上海最後那幾年，不斷在勢利的對話和誇飾的排場中棄守撤退，想過一百次又一百次，換個跑道吧！可是，她關在美髮業一輩子，真不知道究竟還可以做什麼？現在可好了，兒童畫室？好像也可以考慮一下，想像著屋子裡跑進跑出都是天真可愛的孩子，不是很有趣嗎？生活是不是也可以像換一種「髮型」那樣，頭髮一甩，就可以重新開始啊？

不必再活在一模一樣的限制裡，是一種什麼樣的誘惑呢？董嚴賣掉的畫，替她換了台東這塊地；沒想到，還沒賣掉的畫，又為她的人生轉彎，找出了新方向。對這一屋子還沒整理的畫，她想起董嚴最後那段時間，常低聲慨嘆：「對不起，是我拖累了你，讓你煎熬一輩子。來世相尋，我一定要好好償還。」

董嚴真傻。她一邊拆畫，一邊掉眼淚，想著他是不是到死都惦著要還債？大部分的人看她，不多話，也不多事，還算好相處；只有董嚴知道，她表達情感的方式非常嗆辣，絕對的佔有，夾雜複雜的毀滅，期望他能完全奉獻，自己卻不肯投降坦白，愛得深刻、也愛得不安，一方面享受著愛的熾熱，同時也非常喜歡抱怨，在暴烈的憤怒中，滿足自虐的快感。他總是以不變應萬變，看她脾氣一來就轉身去煨一小盆冰糖鮮魚，她偏偏吵著要喝醃篤鮮。這一想，讓她特別愧疚，好像董嚴走了都沒法好好休息，還繼續揹著這個家，在無聲處照顧她。

他活著的時候，她總是怨，為什麼只有她在工作？董嚴想放棄畫畫、另外找工作時，她又捨不得他落拓。這樣反反覆覆，婚姻生活，幾乎都重複在無止盡的爭吵。因為董嚴，她才可以這樣任性地活著，不會做餐，也不太做家事；光帶著超越年齡、超越時間的糊塗，黃昏時散散步、甩甩頭，立刻把煩惱丟出去；不太看書、不太想複雜的問題，像孩子般天真，說出的話、做出的事，就跟潑水似的，沒什麼自制力，不是和董嚴吵架，就是和阿世打打鬧鬧。

董嚴不在了，母子倆把家庭生活搞得亂七八糟。難過時就增加工作量，全副心思用來提高戰鬥力，遠離傷痛，從不曾把悲傷掛在臉上。她一向不懂得做計畫，從新竹、台北、巴黎、蒂賓根、上海到台東，這麼多的轉折，只想著「好啊！就這樣」，生活跌跌撞撞，直到董嚴走了才慢慢意識到，遇見他，可能是她唯一的好運氣。日子可不能再這樣隨隨便便混下去了。她把賣房的錢分成三個帳戶，兩個定存，分別當作阿世的「教育基金」和「不知道什麼時候會發生意外狀況」的準備金。最後的三分之一，本來夠她過一段自在日子，不過，對照起董嚴生前的困頓，她也不好意思偷懶，想著得找點事做，好好教養阿世，那是董嚴在人間的牽掛和延續。她對著小學剛畢業的阿世，問得有點忐忑：「阿世啊！媽咪開個兒童畫室，你看怎麼樣？」

「可以啊！反正我們家畫很多，拿去影印，做成小本的畫冊。」阿世帥氣表態：「你教女生畫娃娃，我來教男生畫飛機、戰艦。」

「太好了！我不只會畫娃娃，我還很喜歡畫散步時看到的風景。」她覺得阿世的想法很棒，摟起他，在他臉上大大親了個爆響。阿世蜷起掌，用力在臉上被親的地方搓了搓，瞪了她一眼，然後，兩個人同心協力地為董嚴的畫分類，挑了花樹、城牆，以及交映的河流與天空，準備做不同主題的畫冊範本上課專用。

花了好長一段時間，畫都分類了，兩個人又跑了趟書店，挑了一大疊非常勵志的「自學聖經」，什麼《速寫入門》、《插畫輕鬆畫》、《三十天學會素描》、《每一天的練習》、《兒童畫入門》、《給初學者的自學指南》，後來意猶未盡，還疊上看起來非常有深度的《素描技法》、《色鉛筆技法》、《水彩技法》、《水彩專題精選》、《透視圖教程》、《人體解剖素描法》、《世界級藝術家的傳奇植物畫技法》。結帳時，紫燕夾帶了本《十一月二十日，生日書》，攤開摺角頁叫阿世看：「十一月二十日生的人，愛恨分明，具有天賦不滅的生命力，不以光鮮的外表取勝，卻在內心隱藏深不可測的爆發力，是自我淬勵的毀滅者，也是自我超越的重生者，永遠在天堂與地獄的交界處，採擷著奇蹟的果實。」

阿世瞄了眼就不耐煩地皺起眉，她笑著攤平他眉間的皺褶：「兒子啊！我們這次創業，一定會成功。誰讓你老媽藏著天賦不滅的生命力，深不可測的爆發力！」

「認真一點，好不好？」阿世撥開她的手，眉皺得更厲害，心裡有點不高興，好歹他現在也算是畫室合夥人，老媽卻只買自己的生日書，他又不願意親自去拿一本摩羯座生日書，總覺得沉迷星座太「娘」了，只用冷冰冰的口氣問：「我們得好好想一想，畫室要用什麼名字？」

「那還用想？」紫燕笑彎了眼睛：「誓言啊！剛好就是『阿世』和『阿嚴』，世界上我最寶貝的兩個人。」

「世嚴？世界上最嚴格？」阿世的臉，皺得像個小老頭：「你想拚大考啊？誰會喜歡這種教室？」

「哎呀！不是世界最嚴，是發誓我愛你的誓言。這是一首台灣老歌，很美喔！」紫燕才說，阿世已經驚嘆：「又是台灣老歌？以前上海開的髮廊，你也說是翻《台灣老歌本》找的店名。」

「是啊，『牽掛』髮廊，超美的！來，唱給你聽。數著片片的白雲我離開了你；卻把寸寸的相思，我留給了你，牽掛的是，紅著眼的你，放心不下也是愛哭的你。」紫燕唱到這裡，停下，有點恍惚。這首當年在救國團紅遍大專活動的道別歌，直到她一個人孤單單在巴黎時，才牽引出無限眷戀。後來，和董嚴在內卡河邊，芳草鮮美，他跟她學了兩三遍，因為旋律簡單，很快就在她耳邊低抑而纏綿地輕輕唱著牽戀，再由她用清嫩的聲音接著唱：「數著片片的楓葉我離開了你；卻把寸寸的芳心，我留給了你，牽掛的是，遠離的你，放心不下也是孤獨的你。」

年輕時的遠離和孤獨，多麼浪漫而遙遠啊！她仰起頭，仿如穿過雲層，看見當年的陽光燦爛，天空好藍好藍。她吸了吸鼻子，又深深吸飽一大口氣，大聲唱起剛剛浮上心頭的〈誓言〉，向遠方呼喚：「江水東流，一去就不回頭，又是落葉時候。記得你我就在此地分手，轉眼已三秋。你可知道我天天在等候，等你與我長相守，你臨走留給我的誓言，就像江水不回頭。」

歌聲從甜美溫潤，慢慢轉為低抑哽咽，想起董嚴離開，就快三年了，他是不是還記得她在等候，記得那些長相守的誓言嗎？唱著唱著，紫燕眼淚慢慢流了下來。阿世乖巧地握緊她的手，一邊接過她手上提著的一大袋書，一邊無意識地吹起口哨，呼應著老媽的歌聲，一路走著走著，還沒回到家，他已經熟記了這首〈誓言〉，這是他們的家，他們的合夥事業，他們剛剛許下的誓言。

阿世知道「誓言畫室」藏著老媽的想念，主張把那幅一百號的〈飛〉掛在客廳，當作教室廣告，還準備買一本《騎鵝歷險記》，親自為書中的小故事畫小卡護貝，除了做名片，還可以當小杯墊用，順便宣傳一下和拉格洛芙同一天生日的老媽。紫燕卻堅持把〈飛〉搬進臥室，不顧牆面釘滿櫥櫃，硬是佔去大半窗面，在一下子變得半暗的畫框邊，得意洋洋宣告：「我就是每天睡前要看一看你老爸送我的鵝，你能怎樣？」

「我還能怎樣？」阿世目瞪口呆，老媽的個性往好處說，算是活潑好動、驍勇善鬥、充滿理想主義；說坦白一點，就是反覆無常、執迷不悟，只聳了聳肩，神情像極了董嚴：「你是大老闆，你說了算。」

他另外選了幅一百號的〈許願樹〉，準備掛在客廳主打。紫燕覺得有點怪，院子裡都是大樹，不如找一些畫著河流水影和城牆小角落的風景，帶著點人的感情和熱鬧，屋子裡顯得更溫暖一點。不過，這些畫尺寸比較小，不像大幅的樹那樣鮮明強烈，而且在理性上，怎麼想都覺得〈飛〉才是最適合用來廣告主打，這孩子既然縱容了自己的任性，她也識相地閉上嘴，兩個人同心協力地繞著這棵樹發想，做名片、設計簡章，經營網頁。

紫燕翻拍畫作，阿世搞定電腦。他在上小學前，老爸就生病了，老媽整顆心都掛在老爸身上，和他沒大沒小。他從小就學會自求多福，訓練出各種解決問題的能力，老媽還自鳴得意：「看啊！我們阿世多乖，我把他教養得這麼能幹又這麼獨立。」

獨立個屁！如果能夠，他真想當個什麼都不必煩惱的媽寶。不是說台灣是個「媽寶島」嗎？怎麼遷回台灣了，大部分「硬工」還是得自己負責？老媽就一邊翻拍照片，一邊嚷著：「阿世，你看」，也不管他看不看，兀自沉醉在沒有前後順序的碎碎念。這樣，就想要開畫室了？他沒好氣地瞪了老媽一眼，聰明地不吭聲，只要一抱怨，她就趕著邀功：「你知道嗎？歐洲貴族有一種 Grand Tour 的傳統，十三歲，就得跨過海洋、巡探歐陸，展開生命壯遊，你真幸運啊！我讓你提早獨立，就是把你當歐洲貴族在養。」

他瞄了眼老媽，連嘆氣都懶。阿世把翻拍照片存進電腦，紫燕跟著董嚴的畫，輪播回顧著蒂賓根老城，向阿世解說：「瞧，你老爸喜歡畫一小段城牆，留出闊大的畫布，讓花、讓草、讓天空、讓河流去自由舒展，把德國黑森林北段的蓊鬱大樹，透過光影濾淨，表現得忽遠又近。」

「以前啊！德國畫商總嫌他不懂得表現地方特色，現在一張一張整理起來，越看越覺得畫裡湧動著一種超越時間、超越空間的耳語。」紫燕好像不需要聽眾回應，自顧自接下去：「你看，那細細的筆觸，揉著點蕾絲的情韻，董嚴總說啊！這些光和影，像戀人纏綿的絮絮叨叨，塗抹著對這世間轉瞬隨即消失的溫軟情纏。」

她開始叨念起德國生活。董嚴喜歡樹，休假時他們常去湖邊露營，德國黑森林集中在西南部的巴登—符騰堡邦，隔著萊茵河，往南可以眺望瑞士山巔，遙想著阿爾卑斯山的純淨。不知道為什麼，到了歐洲，他特別喜歡翻童書，為她講《海蒂》的故事，她忍不住驚奇地回應：「這不就是卡通影片《小天使》嗎？她叫小蓮，不是海蒂。那時候我小學剛畢業，本來覺得卡通幼稚死了，不想看，但還是一路看完了，當年很轟動喔！」

「小學啊……」董嚴吁嘆著，他的小學過得很緊張，對這樣無憂無愁的童年特別嚮往：「好看嗎？」

「好看！我們小時候的生活，幾乎都在看卡通，什麼《米老鼠》啊、《大力水手》、《湯姆與吉利》，我覺得都沒腦；比較喜歡看有長篇劇情的故事，像《寶馬王子》啊！《海王子》、《北海小英雄》，還有苦兒戲《咪咪流浪記》、《小英的故事》。」記憶隨著這些遺失已久的名字翻轉出熱情，她開心地回顧著：「我最喜歡《小甜甜》和《科學小飛俠》。對了，後來還聽說《小天使》是宮崎駿第一次負責畫面製作，他很厲害，畫面很漂亮喔！」

董嚴聽著、聽著，有點走神。他從來不提童年，所以紫燕一直不知道，小時候的他，喜歡和男孩們混在一起，他們特愛玩「國共內戰」，總是打個沒完。有一次，他分配在「國民黨隊」，和「共產黨隊」打起來，激情衝鋒時，入戲地吶喊：「共產黨不好，國民黨才好！」

那天晚上，他被帶到小區支部，反覆換了幾個人審問：「為什麼共產黨不好、國民黨才好？」這樣折騰到天亮，最後以「孩子們的小打小鬧」結案。看起來，他沒事了，爸爸媽媽也不必為了他的「罪行」打報告，他卻從此陷入綑縛，反覆繞著那天玩鬧時的每一張臉，同伴的、老師的，不斷揣想，到底是誰去告的狀？

他想了不知道多少年，一直沒有答案，只是變得很拘謹、很小心，從來不說真心話，也不和任何人深交，雖然喜歡畫畫，總畫得中規中矩，盡量不出岔錯。直到在蒂賓根，坐在斑駁的城牆邊，小小的陰影被大片的陽光、搖曳的樹葉，清洗得晶瑩剔透，他翻著歐洲的童書，愛上這些屬於孩子們的元氣淋漓，拉格洛芙、林格倫、安徒生、卡洛爾……，醇真清新的文字裡，有一種渾厚生猛的生命力在呼喚他，允許他自由奔跑。

紫燕不明白，總笑他長不大，整天找童書、看童書，更不知道多年後阿世出生，董嚴為孩子選了中華民國國籍，只是為了給他一段自由自在的童年。他自己的童年，結束在「少年宮」那場無知的遊戲裡，終於，他可以在森林裡畫大樹，回到童年，重新再長大一次，呼吸著自由、放縱的芬芳，讓他覺得輕鬆又快樂。

大片松樹和杉樹構成的原始林，藏著許多小湖，聽著陽光、空氣、溪流與植物在身邊呢喃；龐大的樹冠頂，散開如童話巨人的傘，從遠古洪荒走到現在，像足以庇護一切的神祕力量，所以，灰姑娘母親墳頭的許願樹，才提供了永生永世的祝福和陪伴。同樣的故事，從黑森林西向延伸，跨過萊茵河通往繁華的法國，就多出無所不能的神仙教母。董嚴不相信神仙教母、不習慣法國繁華，喜歡藏在黑森林裡，透過顏色，一點一滴勾勒著許願樹，這是他最安心、最放鬆的時候。

「誓言畫室」主打的〈許願樹〉，就像灰姑娘母親墳頭的那棵許願樹般，守護著紫燕母子。阿世國二時，長榮航空在池上鄉伯朗大道拍了個「I See You」廣告，整部影片，旁白刻意淡化商業色彩，傳達出旅行的感動與意義：「去過這麼多地方，是不是真正感受過這個世界，有時，自己都不確定。我看見了……看見寶藏，看見藝術，看見對話，看見意志，看見信任，看見樂園，張開羽翼，往陌生的方向前進，看見世界，看見人群。I See You。你的眼界，可以轉動世界。」

提供倨靠、停留的大茄苳樹，以「明星樹」的獨特形象，成為著名地標。這棵樹的「追星」效應不斷放大，「誓言畫室」的大樹 Logo 搭上順風車，網路話題習慣帶上一句「明星樹畫室」，出了陣鋒頭。後來，明星樹被颱風擊倒，在日本和台灣樹醫生的聯手搶救下，慢慢恢復，阿世國中剛畢業，真的很閒，在網路上發起一個「為樹集氣」的旅行寫生，替畫室打響了知名度。

紫燕一直不喜歡茄苳樹，嫌它枝幹長得太猙獰，每次都讓她想起李喬在《寒夜》三部曲裡的吊頸樹，陰森森的。為了配合阿世的活動，她不得不走近，坐在「明星樹」下的涼蔭裡速寫，反覆著簡單的線條，才發現每一棵樹，只要靠近了，就可以感受到一種幾近無聲的溫柔呢喃。她塗抹著線條，筆勢行走間好像聽得見最愛畫樹的董嚴，在她耳邊輕輕問：「好看嗎？」

好看！她抿起唇，專心畫著、畫著，眼睛有點濕潤。她的畫不如董嚴精細，只在隱隱約約中傳遞出一種獨特的神韻，像她的人一樣，簡單，透明，不太動腦筋。她做決定常憑一時衝動，很少顧及後果。活得自在開心，幾乎是一種本能，開了畫室，因為性格直接，很難拿捏和家長的「正常關係」，乾脆以多微笑、少說話，和大家保持距離，日常對話也多半以那個「某某媽媽」囫圇帶過。

唯一記得名字的是懿娟。她帶小兒子來學畫時，總是在畫室看畫，畫室的展示，以董嚴的畫為主，她卻特別喜歡紫燕兩幅台東月光海的素描，最後還真的買下來。紫燕夜裡捏了捏臉頰，有點難以相信，自己怎麼在「還活著」的時候就賣出畫了呢？這不是董嚴一輩子嚮往而又不曾實踐過的美夢嗎？阿世冷冷澆熄她的自我陶醉：「想太多了。人家小時候是醫生的女兒、長大又是教授的太太，有錢沒地方花。而且，畫家賣畫，一號就是五千、七千起跳，二十號小畫，少說十萬起跳，你賣了兩張畫，只拿了五千，還樂個什麼勁兒呢？」

「人生最美初相遇嘛！不就因為沒經驗，才值得驕傲一下。要不，你幫我訂個價，下次……」紫燕話沒說完，阿世大笑：「還下次，真覺得自己可以專業賣畫了？」

紫燕忍不住也跟著哈哈大笑。確實，很多年都過了，也只有懿娟買過她的畫，讓她覺得自己特別被理解。

人生啊，多奇怪呢！年輕時槓上母親，拗著性子非做美髮不可，沒想到半輩子關在剪刀、髮捲裡，越剪越覺得自己好像在坐牢。好不容易丟了剪刀，換了個陌生的地方重新開始，新鮮忐忑地學教畫，磨了一陣子後開始教畫，像嬰兒學走路，每一段小小的改變都驚天動地，每天戰戰兢兢，有多少恐慌就有多少歡愉，新生活帶來的衝擊，讓每天打開眼睛都充滿了刺激，有點像剛上大學時，從新竹搬到台北，整個生活都劈開來翻整的新鮮感。

這樣戰戰兢兢，慢慢熟悉教孩子畫畫、和家長應對，沒課時和阿世說說笑笑後，越來越習慣台東的風、天上的雲、月映海面上的陰晴圓缺。簡單的日子過著、過著，也近十年了。以前帶著孩子過生活，她很少多想，直到阿世申請到蒂賓根大學的交流獎學金，離開台灣，熱熱鬧鬧的屋子，剩下她一個人，她才察覺，這一天又一天的備課、教畫、海邊散步，和她過去反覆重複著的練剪、剪髮、河堤散步，不也是差不多的「人生囚牢」嗎？

想起來真可怕，三十以後，人生差不多都確定了。紫燕有時候忍不住感慨，我們選擇了一種職別，大概就這樣關進「一輩子的囚牢」；好不容易以為自己轉了個彎，不到十年，平平淡淡的日常，竟又成了另一個差不多的籠牢。常來畫室的幾個家長都笑，她想多了，這樣的人生，簡直是「前世燒好香」！年輕時想飛就飛，她去過的法國巴黎和德國的黑森林，在大家眼中，都不叫真實生活，只能算是童話故事；阿世不用她擔心，早熟又懂事，如果養小孩需要對獎的話，無庸置疑，她中了「頭彩」；雖然大家都沒見過董嚴，聽說董嚴的老房子換了阿世的教育基金，還有董嚴的畫又換了這塊地，忍不住議論紛紛，這世界上怎麼有這麼好的事？

偶而有一些讓人不舒服的耳語，帶著點含混不明的曖昧，飄進她的耳朵裡。有人說，台東這塊地，該不會是那個什麼建築師的曖昧餽贈吧？她聽了超生氣，幾次想要發飆，又想起阿世出國前，列印出《十一月二十日生日書》上的警語，貼在電腦上，強迫自己背下來：「這天出生的人，生來就是鬥志十足的戰士，容易陷入各式樣的奮戰苦鬥。身為爭議不斷的焦點，儘管忠誠，還是會因為本身想法的偏激及表達自我的強勢作風，表現出反叛的情緒化行為，引起別人的敵意和不滿。切記！一定要從唇槍舌戰的激辯中退讓放鬆，絕不抗爭，只要好好記得自己的初衷。」

她吞了吞口水，沒錯！鬥志十足的戰士，得選擇有意義、有價值的戰場。她把這些不愛聽的話都往腦後丟，拚命想著該找出什麼可能好好奮鬥下去？

阿世飛遠了，唯一還講得上話的，就剩懿娟。懿娟以前總羨慕她養了個懂事的阿世，買了她的畫以後，地位從「家長」一下子高升到「伯樂」。當懿娟誠懇地請教她教養子女的方法時，她總是乾笑著，阿世是怎麼教養出來的？不管他吧！還是多依賴他，想辦法把問題賴給他？這好像不是「有智慧的媽媽」應該講的話，她只能想辦法找一些有趣的話題呼攏過去，聊了好多和子女、學習無關的話題，兩個人反而熟起來。

「有沒有想過，我們這一輩子，究竟為了什麼在奮鬥？」她試探著問。懿娟比她早婚，雖然小她十歲，女兒才小阿世一歲，樣樣賴著媽媽，像長不大的嬌嬌女，小兒子更黏人，沒少心煩，想都沒想就應：「當然是為孩子啊！要不然我每天這樣接來送去，吃飽撐著啊？孩子嘛，生了就得養，盼著他們考個好學校，找個工作，別啃老，那就謝天謝地了。」

「說的是，阿世還小時，我也成天神經質地擔心著，他長大會變成什麼樣子？」紫燕點點頭。懿娟慨嘆：「阿世還能變什麼樣子？就是個人精！隔老遠都能把你管死死。

你不知道，我先生他同事有幾個小孩到歐洲，不是花五萬、十萬找代辦公司，要不就花個二十萬、三十萬遊學鍍層金，什麼學位都沒有，哪像阿世這麼替你省錢又省心，世界上沒幾個像你這麼好命的啦！」

「我也想別這麼好命，希望阿世多依賴我一點啊！」紫燕有別人無法理解的苦惱，憂蹙著眉嘆：「年輕時窮得很有勁，無論做什麼事都看得到夢想，憂愁得很快樂，每天想著多做一點點，明天就變好了！現在的日子樣樣順了，卻好像在坐牢，一天拖過一天，越過越沒勁，好像在世界很多餘，沒有人需要我。想做點什麼不一樣的，又覺得時間有限、氣力衰微，人生走到尾巴，你看，都五十五歲了，還圖什麼翻新呢？」

「五十五歲？那可真是人生翻新的大好時機！」懿娟看紫燕一臉茫然，忽然來勁了：「聽過黃勝雄醫生嗎？很有名的唷！那是我爸的老朋友。四年前，他準備回美國，我爸請吃飯，我蹭了去，聽了一晚美麗的人生故事，那真是一場最浪漫的告別。」

懿娟有滋有味地講起黃勝雄醫師的故事。他本來是師大物理系學生，那年代大部分有出息的孩子，都想跟隨諾貝爾得主李政道與楊振寧的腳步，成為舉世聞名的物理學家。大三那年，他生了場大病住院，讀了《史懷哲自傳》，決定重考，轉念醫科，以行醫為終生志業。到了美國，一待就是二十五年，年薪超過百萬；非常年輕就被聘為美國外科學會院士，為許多醫師、護士動手術，被尊稱為「Doctor's doctor」，前所未聞地擠進美國總統雷根的醫療小組，為總統主刀，可說是名利雙收。直到一九九一年，參加奉獻給台灣四十年的美籍醫師、門諾醫院前院長薄柔纜（Dr. Brown）獲台美基金會社會服務獎的頒獎典禮時，聽老醫師感慨：「台灣醫師啊！到美國很近，到花蓮卻很遠。」

他心頭一震！很慚愧，很快就決定改變自己。兩年後，捨棄美國高薪，回台接掌門諾醫院。他捐出半薪，出版人文素養專著，幫助無數人，參與過無數醫學計畫。懿娟眼底閃著光焰：「你知道嗎？回台前黃醫師說，我剛好在最壯年的五十五歲，還可以奉獻給台灣二十年。」

「真的嗎？他真還繼續工作二十年？」紫燕有點懷疑。懿娟讚嘆：「千真萬確！他相信在對的時間要做對的事。奉獻給門諾醫院二十二年後，兩個兒子在美國成家立業，他當阿公了，為了天倫之樂，決心在人生的後半場回歸家庭。」

「你又不像我們，整天被孩子絆住，想做什麼就快去做，這樣多好！」懿娟講得神采飛揚，看紫燕沒什麼反應，忍不住推了她的手臂：「你那什麼『三十以後，人生都關進一輩子囚牢』的理論，我看，都是懶人的藉口。」

是嗎？自己很懶嗎？紫燕有點迷惑。她從小叛逆，拗著性子和母親對槓，可以說，從上了大學就自以為是獨立的個體，打工、兼家教，從沒用過家裡的錢；後來忙髮廊，掙錢養家、帶小孩、照顧董嚴；回台灣後，畫室的工時看起來變短了，母子倆精算過著日子，也不算輕鬆。她這樣像個過河卒子，拚命衝了一輩子，怎麼落在別人眼裡，都墮落成懶惰了？

坐在房間裡，盯著一屋子凌亂，第一次，紫燕意識到自己可能真的很懶，只是習慣性的勞動，很少振作起精神打點生活。在台北當洗髮小妹時，直到搬家前，隔壁早餐店老闆的女兒主動來幫忙，她才注意到這是她公司的同事；住在巴黎十三區，只在附近閒逛；在德國，大家都以為她住進了童話故事，其實，除了到蒂賓根附近露營，她哪裡都沒去過；上海住了十四年，臨到回台前，才發現繞來繞去，都沒超過家附近三十里；回台灣後，和阿世窩在台東，從來不曾出過遠門，每當二姐邀她出國，她就懶洋洋地說：「來我家度假吧！比哪都漂亮。」

抬眼看看窗外，天色亮了，房間還是很暗，想起母親在夢中留給自己的那棟房子，那搖曳著樹影的敞亮窗子，生出無限引誘。她想了想，決心把佔去大半窗面的那幅一百號的〈飛〉，移到樓下畫室，讓臥室燦亮一點。

第一次，沒有阿世幫忙，她學著上網搜尋，找了家專業公司，到府打包、收納，十年來幾乎沒用上的雜物都丟了，她學會「斷，捨，離」，現代人的新流行。董嚴的畫、學生的作品，和一路不經意的收藏，所有捨不得又用不上的紀念，打包送進倉儲；還把原來二樓的起居室和阿世的臥房打通，改裝成明亮舒適的和室，壁櫃裡收納著被鋪，畫室的〈許願樹〉挪上來，阿世回來時就會發現，她希望他這輩子都如願。

畫室脫下了「明星樹」的陳舊外衣，來畫畫的孩子們，對牆面上會飛的鵝充滿好奇。阿世不在身邊了，她才依照著他的規畫，買了本《騎鵝歷險記》，親自為書中的小故事畫小卡護貝，讓大家當小杯墊自由選用；也在十一月二十日這天辦了個慶生會，笑著和大家分享，她和拉格洛芙同一天生日。就在難得的閒聊碎句裡，她聽見家長提起一個當年董嚴問過她的問題：「你的生日和拉格洛芙同一天。你想過這個生日印記，對你有什麼特殊意義嗎？」

她看著牆面上那隻會飛的鵝，確實知道，自己真的有一些話想說、有一些事想做。此生囚牢，是懶人的藉口。她想起拉格洛芙的堅持和翻新，全世界都看得到的那場橫跨瑞典地景的飛行；想起董嚴一生在顏色裡的辛苦跋涉和不要命的搏鬥；腦子裡好像清楚響起，黃勝雄醫師興高采烈的聲音：「我在最壯年的五十五歲，還可以奉獻給台灣二十年。」

拾光

阿世飛往德國蒂賓根之前，特別選了兩個精巧的黑白對鐘掛在客廳，設定相隔六小時，難得地撒嬌：「老媽，白鐘是你的時間，白色的，乾乾淨淨；黑鐘是蒂賓根時間，晚台灣六小時，我啊！就是追著你跑的黑影子。注意看時鐘喔！你吃晚餐時，我剛好在吃午餐，我們可以一起吃飯，每天慶祝一下，我想你。」

「幹嘛？這麼甜言蜜語，有罪惡感啊？有本事就一輩子別離開我。」紫燕笑揮了手，拍拍他的肩，認真保證：「我會過得好好的，別擔心。何況，不是一年就回來了嗎？緊張什麼嘛！」

他們相依為命太久了，紫燕都忘了一個人該怎麼生活。幸好，孩子很體貼，在老媽手機裡建立他們共用的行事曆，一方面讓她每天都看得到他的課程進度和行程計畫，另一方面也提醒老媽寫計畫，方便他維持「緊迫盯人」的老習慣。

很多孩子在出國後像脫韁的野馬，找也找不回來，阿世卻主動下載自己在蒂賓根的GPS網路定位，讓她可以輕易找到相隔九四五四公里外的他。每打開手機，看小小的點移動著，好像他還乖乖地在她眼前打轉。不過，紫燕盡量不去看兒子的定位，免得自己胡亂擔心，就像有一次，看到他沉在河中心，嚇得她奪命連環 Call，好不容易等到回電，才知道他在內卡河小舟遊河，藍天、白雲、乾淨的空氣、河岸柳條和鴨鵝的喧鬧嬉戲。這……，也太舒服了吧？一個小時的航程，船夫撐著篙緩緩搖動，大半時間他都睡熟了，一起身，二十幾個未接，看她急成這樣，忍不住在視訊裡白了她一眼：「老媽，我知道當媽媽會變笨，但是，盡量不要太笨，好嗎？」

「嗯。」她有點不好意思，卻還是擔心：「有事一定要給我電話，不要逞強。」

「知，道，了。」她還想反覆叮嚀著，隔著老遠，已經聽到他嘆了一口氣。十幾年來，紫燕什麼事都和阿世商量，她的事，慢慢都由阿世決定。阿世的事，倒好像越來越習慣自己做決定，不太需要她的意見，像這次申請交流留學，她完全幫不上忙，有時候，感覺阿世離得越來越遠，會有一點點難過，但是，這時候更會想起，自己青春時不也是這樣嗎？想像著母親看著她，頭也不回地上台北讀書、學美髮、槓上她：「誰也不嫁！」

那是一種如何緩慢而卸不掉的難過呢？紫燕這時才想起，母親也年輕過吧？那是什麼樣子？是不是連她自己都忘記了，還沒當媽媽以前，曾經如何任性過？究竟，我們有多少記憶，都這樣無從選擇地遺落在流光河，然後被無聲無息捲走？

回台灣後，重新聯繫大學好友阿寶。她有點吃驚，熱情的阿寶竟然像她們中間不曾隔閡幾十年般，自來熟地跑了趟台東，兩個人擠在同一張床上，吱吱喳喳講了兩個晚上。青春時的瑣事，她差不多都忘了，阿寶卻還是眉眼含笑，動不動拿大學時代她那些無厘頭的執著來說笑。非排隊吃「麥當勞」不可；吃個鐵板燒就讚嘆「好大的蚵仔煎」；

平常只啃麵包，把所有打工的零用錢，都用來逛報紙雜誌介紹的知名餐廳，一家只點一道最有名的特色菜，不管服務人員的白眼，吃個午餐就可以逛個三、四家名店，阿寶白了她一眼：「一整個吃貨！」

是啊！紫燕戀戀想起，在那遙遠的歲月，她就是個繞在城隍廟長大的吃貨。省啊省的，找到機會就吃。送阿寶去機場，登機前，阿寶忽然回頭問：「下一站，飛哪啊？」「什麼意思？」紫燕有點發傻。阿寶揮了揮手笑：「這就是你啊！畢了業就不見人影，每次聽別人講起你的消息，都是驚天動地的飛行。一下子到法國，一下子到德國，一下子到上海，蹦，這下又跳到台東，誰知道下一段旅程，你想到哪裡？」

阿寶登機後，紫燕坐在充滿熱帶風情的「豬窯」咖啡廳，看飛機起落，不斷想著，阿寶說的那個飛來飛去的吃貨，真的是自己嗎？

小時候，她真的很喜歡吃，再怎麼哭得掏心掏肺，一個肉圓，就把她的傷心世界填補得幸福圓滿；大學時領到家教費，不受限地到處試吃，每一個新餐廳，都讓她體會到什麼叫快樂自在。小地方關久了，好像只想到吃。直到她找到夢想，戒了吃、戒了穿、戒了所有小小的奢華和願望，每一天，抱著法文髮型雜誌快樂地入睡，一直想要飛，第一次出國的目標就是巴黎，小女孩童話幻想的最遠方。

為了守護這個巨大的夢想，她願意付出一切。沒想到，住進真正的夢想裡，洗啊洗剪啊剪又捲啊捲，放假時哪裡都不敢去，茫茫然走在物價驚人的街頭，夜裡開始糾纏在「我為什麼會在這裡？」的困惑裡，慢慢養成躺下後腦子得跑個一、兩個小時才入睡的壞習慣。白天工作時精神差，夢想的味道都慢慢變質。

遇見董嚴的畫，不知道為什麼，她流了一、兩個小時的眼淚，好像直接碰觸到，夢想的美麗和悲傷，這樣不堪承受，卻又捨不得放手。那個瞬間，就是他們兩個都走投無路的時候。董嚴花光了家庭支助，她的夢想支撐，也幾近崩頹，兩個人在一起，不一定更好，但不在一起，顯然都走不下去了，所以，就一起走下去吧！無論生活如何艱難，她都可以喝到一鍋微甜魚湯，再躺進董嚴懷裡，像一支小湯匙套進大湯匙，她又變成那個簡單的小吃貨，很快就能睡著，為了這場好睡，她哪裡都不去了。

「下一站去哪裡？」阿寶這個問題，讓她想起，原來在好久好久以前，她也曾經有夢，一個任性得足以丟棄家、遺落故鄉、忘卻故人的夢。總算，她回家了，一點一滴，慢慢撿拾著遺失的往昔。父親的夢，離他們好遠，誰都沒看見；大姐的夢碎了；二姐的夢是什麼呢？母親是不是在臨終前的睡衣裡，終於也觸摸到青春的滋味，在生命最灰暗的盡頭，看見一點點夢想的光亮？

啊，原來自己也曾經有夢，真好。紫燕忽然很珍惜，還能有夢，真好！她可不想像母親一樣，直到臨終前最後一小段時光，穿上柔軟的睡衣，撫觸著即將消亡的夢，無限的起伏悲歡都只化成一聲長嘆。她打起精神，跑到二樓新裝潢的寬敞和室，壓下對阿世的依賴和想念，用誇張的舞步旋轉出三百六十度視頻，揚起了聲音向阿世獻寶：「我幫你改裝了臥室。怎麼樣？新房間很漂亮吧！」

「別亂花錢！對自己好一點。不必為我投資，我會想辦法留在蒂賓根，繼續完成學位。」什麼？不是說好一年的嗎？阿世什麼時候決定，這一跑，就是很多年很多年？她吃了一驚，胸口痛了一下，來不及掩藏的捨不得，化成水霧，在眼睛裡繞啊繞，她控制不住眼淚，乾脆關掉視訊。阿世不明所以，很快又打電話回來。她轉了話題，提起黃勝雄醫師的故事，在「最壯年的五十五歲」，還可以奉獻二十年，然後問：「阿世，我也五十五歲了，要怎麼計畫這最壯年的新生活呢？」

「別亂想了，現在的生活，不是很好嗎？你可真行啊！跟上『斜槓』流行，從髮型設計師一跳就是美術老師，接著還想整理房子、裝修房間，當設計師啦？」阿世停了一下，想起從小到大，老媽每次「一時興起」，總得靠他執行各種細節，一時有點失落。現在隔著長達十二小時的航程，再不能隨時幫老媽解決問題了，他不想潑她冷水，開始耐心地整理方向：「你有什麼願望還沒完成嗎？要不然先想一想，你的希望和興趣，我可以幫忙找資料，有時間就替你寫個計畫，知道嗎？」

「沒關係。時間很多，我慢慢想。」紫燕有點哽咽，雖然阿世像以前待在她身邊那樣，習慣接手規畫細節，她心裡卻酸酸的，腦子裡始終繞著他說的：「想辦法留在蒂賓根。」在她還沒做好心理準備前，阿世就飛遠了。阿世喚了幾聲，她終於回過神來，打起精神笑說：「老媽還有很多本事，你來不及見識呢！」

掛了電話，她有點發愣。想想自己，還有什麼本事呢？

她很會剪髮，阿世喜歡上任何一個卡通角色，她都把他剪得足以去參加 Cosplay；她模仿餐廳擺盤，回家上菜時特別像，阿世總是皺眉說，能不能加點創意？一模一樣叫「抄襲」！還有啊，她很善於嗑瓜子，可以一小把丟進嘴巴後，安然剔進舌齒間，再從容把瓜子殼吐出來，阿世看過，說她很噁心。嗯，她想得好煩，這些阿世都知道啊！真想不出和阿世相依為命二十年，還有什麼本事，是阿世來不及見識過的？

生日前，她收到快遞。打開一看，啊，Dyson airwrap 空氣工程自動整髮器，一定是阿世送的禮物。她有點生氣。他出國、讀書，樣樣都得用到錢，居然還搞這一套，叫她別亂花錢，哼，顯然他比她還亂花錢！她一邊罵死小孩，一邊認真拆封，心裡還是暖暖的。

很意外，阿世竟然記得她說過，德國工業設計雖然精細，她只喜歡英國 Dyson 設計的吹風機。喜歡 Dyson，也許還帶著一點點青春的眷戀，以及最後一些些夢想的影子。那是她抵達法國第二年，夢想慢慢剝落，在最疲倦時看到電視上關於 James Dyson 的新聞報導。他從很年輕就頂著滿頭白髮，盤旋在黑暗中，一年又一年，一個人，帶著不知道從哪裡增生出來的勇氣，奮力前行，像兼具設計師和工程師雙重角色的夢想鬥士，一個人在歐洲的風雪中踽踽獨行。

和自己一樣！她咬著唇，祕密戰慄，看 Dyson 的故事像看著鏡子裡的自己，不顧一切地苦苦掙扎。看他拚命尋找機會，高額貸款，運用氣旋分離研發出無袋吸塵器；看他向英國公司兜售專利，沒有成功；只能轉向日本的小公司，後來又穿越更大一片海洋，在美國申請專利；最後又因為「Hoover 家電」盜用他的技術，一路艱難地打官司，為智財權奮戰，不知道又過了多少年後才名利雙收。

這世間每一條竄擠著夢想的路，不論大小，走起來都好艱難，只是有人失敗、有人成功。那時候的「我們」，都好年輕啊！誰都想抱著夢想取暖，風雪千山，一路走，一路掉了體溫、依憑和全部的力量，當青春熱血都被抽空時，有的人，安安靜靜消失了，有的人卻在擦身而過的小小光亮中，照亮了一個新時代。

直到現在，Dyson 的名字，變成一個知名品牌，比她所有的夢想還要昂貴。無論吸塵器或洗衣機她都捨不得買，不過，他的氣流研究，很適合開發美髮機件，以前她不鼓勵客人燙髮、捲髮，是因為傳統高溫捲棒在乾髮時拉出造型，特別傷髮質；Dyson 運用高速高壓，開發出低溫造型整髮器，捲髮造型隨著捲筒表面流動的附壁自然整髮，溫度絕不超過一百五十度，超級好用。不知道她什麼時候說過的？怎麼阿世還記得她說的這些小事呢？

拆開禮物，她試著在吹整十秒後運用冷風定型，形成美美的捲髮；接著又嘗試各種不同大小的髮捲，創造出明顯不同的視覺效果。啊，她想起來了，連阿世都不知道，年輕時她的頭髮潤澤保濕，洗完髮，隨手用浴巾按了幾下吸濕，很快就乾了，漂亮得不得了。可是，就算阿世不知道，又能怎樣呢？隨著年紀增長，頭髮裡的水分慢慢消失，每出現一些毛躁亂髮，她就一股氣憋在心裡，沒地方發洩。時間是不可逆的，所有的東西都在變壞、變醜，全都無計可施，包括她自己。

現在，她可要好好運用這個嶄新的生日禮物「施計」啦！紫燕仔細檢查著各種組合配件，嗯，夠她「對付」各種不同的髮質了。她為整髮器換上硬質順髮梳，梳直毛躁捲髮後，沒有高溫壓力，也不需要手勢技巧，就像一般梳頭髮般，順順梳開，握在掌心裡的髮絲，慢慢就變得亮直滑順。

這麼亮，又這麼順！像時間裂開一點縫隙，稍稍靠近一點點、靠近一點點，有光，焰如青春，有一種說不清的騷亂，細細的，攪動她的日常寧靜。紫燕伸出手指，穿過細細的髮，梳著梳著，梳出一種騷動著的「雄心壯志」，想起以前常叨念的 Grand Tour，阿世真的到歐洲了，她自己呢？她決心離開台東，理直氣壯地提醒自己：「就當作生日禮物吧！我也去壯遊。」

好久不曾旅行計畫，究竟，要到哪裡去呢？二姐說，日本好玩又好買，她想了想，覺得自己沒什麼東西想買；懿娟大力推薦克羅埃西亞，十六湖絕世滌塵，很適合她這種宅女，可是，飛了十幾個小時去看看天寬地淨，這和她的台東，又有什麼差別呢？阿寶強力推薦屬於峇里島的獨特文化，起鬨著一起去找樂子，可是，她只想一個人靜靜想想未來；阿世建議她，還是待在台灣吧！離開海邊，到阿里山看看雲海、日出，她想起阿世來不及跟上的蒂賓根，黑森林的雲海日出，她看了不知道多少年。最後，大家都沒想到，紫燕選在生日當天，回到新竹，像一次重生，循著小學、國中、高中的成長印記，閒走著一條路又一條路。看著有點像、又非常不像的街景，一點一滴，凝視生命形影，腦子裡有個變慢變舊的磁碟機，重新啟動，慢慢跑著負載過多的資料，大半的記憶體都毀損了，只剩下一些些零星的檔案點醒記憶，在模糊中，帶著點小小的驚喜。

回到市場，好像還看得到小小的自己圍著熟食攤打轉的身影，真真是個吃貨！新竹女中改變真多，以前總是乾涸的游泳池消失了，那一片被稱為「維也納森林」的蒼翠相思林，增設了新建物，中學時那麼多考試，下了課總躲在森林裡沒心沒肺地玩；走出校門，想起高中死黨「寶貝」，在父親剛過世時，總杵在校門口，拉住她的手，不讓她回家，神經質地驚惶著：「陪我。家裡有個死人，我不敢回家。」

「那是你自己的親爸爸耶！」她瞪大眼睛，覺得不可思議。寶貝卻瑟縮著，微微發抖，一百八十幾公分高的身軀，好像風一吹就要倒了。不知道為什麼，她特別膽小，每次一踏上公車，滿車人的高度只到她肩膀，她就恐慌地彎腰駝背，恨不得縮個二十公分，躲進人群裡，別被人注意到。那些時日，紫燕不得不陪著寶貝，每一天晃到夜裡，繞進城隍廟吃肉圓配四神湯，寶貝閃閃躲躲，眼睛一掃到謝將軍、范將軍和喜怒哀樂各個捕快臉上猙獰的表情，嚇得更厲害。

那樣簡單的戰戰兢兢，好有趣啊！這麼多年來，寶貝到底到哪裡去了呢？憑著記憶，她走回寶貝老家，以前好大的院子，現在都改建成大樓了。走在熟悉又陌生的街道，紫燕有點悵惘，隨著生活漂流，好像所有的朋友，就這樣在成長途中，一個一個遺失了。寶貝的家境好，父母親寵溺得厲害，養成她習慣性的依賴，總要黏著一個人，才能安心地上課、下課、讀書、考試、上廁所；自己剛好相反，沒有爸爸，從小又喜歡和媽媽對槓，兩個姐姐嫌她不懂事，她越是提醒自己，誰也不能靠、誰都不能相信。

這樣一個人孤零零地活著，以為自己很勇敢，還有夢想可以取暖。直到待在巴黎十三區，長期以來的孤獨、等待，不顧一切走進夢裡，才發現一個最悲哀的真相——天哪！夢想比真實更孤獨。

再沒有更多的溫度可以等待。她害怕著，又強打起精神，直到董嚴畫裡的荒寒，抽光了她的力氣，她愣在畫前，油彩中忽隱忽現的光亮，慢慢又把她從黝暗的地獄邊緣，拉向有光的所在。她不知道天堂在哪哩，只能靠向董嚴。

匆匆結婚，沒有把未來想清楚；生了阿世，生活更忙亂，也沒機會想好自己究竟想做什麼；董嚴走了，陳承業給了她台東的地，她來不及選擇，回台後，只能拚命把阿世養大。這些年來，陳承業問她過得如何？台東小屋很老舊了，需不需要任何增改？她總說還好，好像自己是水，無論命運給了她什麼容器，她都裝得剛剛好。陳承業習慣在她生日時透過社群訊息，遞上生日祝福，她回個笑臉，沒有多說；阿世會寫一封長信，像CEO面對股東的年度會報，報告一整年他們在台東的生活現況，好像他們的誓言畫室，還留著他的股份，有時還會多問一句：「老爸的畫，流通得如何？」

隨著一年又一年毫無消息的展售，以及中國慢慢開放、網路訊息無遠弗屆，阿世越來越能理解，台東換地，可能一開始就只是陳承業買房後對他們孤兒寡母的善意安排。阿世很少向老媽提起，他們回台後這幾年，上海的發展很驚人。上個世紀八〇年代後，中國慢慢開放房產私有買賣，直到這個世紀，才進入活絡的地產併吞、重建、養地、造鎮，上海更成為地產商百家爭鳴的一級戰區。

還記得，以前好些舊社區要開發，除了地價，還得支付高額拆遷費，讓好多外商打了退堂鼓。一九九七年亞洲金融風暴，國營房產開發商抱著「長期悲觀」的態度，建商急著賤價出脫，這時，就有一些膽識驚人的財團，在這新興的淘金國度，起造出涵蓋房地產、金融投資、建築設計、物業管理、酒店餐飲、影視傳媒、生物科技等各種綜合事業的大夢，砸重金，逆勢操作，在低迷市場中殺出藍海，打出精品策略。慢慢地，房市回漲，超級高樓一棟又一棟地蓋，好多爛尾樓趁勢變成五星級酒店，建材好、地段好的小區，更是炙手可熱。

陳承業完成上海的河岸多功能創意園區後，歐盟經濟吃緊，英國面臨要不要脫歐的各種爭議，公司迭生問題，事業集團面臨嚴苛挑戰。他離開上海，撤回倫敦，原計畫要長住的董嚴老宅，好不容易整修了，卻只像過去每一個大案子邊的小天堂，終究都成為夢幻泡影。

這幾年，幾個堂兄弟在上海的強勢競爭中，越來越被擠向底層，艱難掙扎，生活不容易，大家就習慣惡意挑剔，轉過來怪他們母子賤價出售董家老宅，本來出於一片好意才設計給董家子弟過境上海使用的獨立小房，不但被長期佔用，還經常出現對主屋的惡意破壞。陳承業整修了幾次，為了單純管理，最後還是取消了董家的使用權，把小屋改建成工作團隊的小宿舍。大家找不上陳承業理論，一下子都轉向董世撒氣，惡意一點的人說，憑什麼董家近百年的地產，便宜了他們母子倆換地回台灣享受？比較善意的兄弟，講的也不是好話，總是詆損陳承業，說他是個騙子，攛掇著阿世找他算帳，看董家那棟老宅，幾年內房價騰升到什麼地步？那些時他們隨隨便便賣了，徹頭徹尾被坑，到現在還是個苦哈哈窮教畫的傻瓜。

這一點，他從來沒有怪過陳承業。阿世非常清楚，董家兄弟們用現在的房價，貶損他們的台東生活，犯了時空邏輯上的錯誤。以她老媽的個性，「牽掛髮廊」絕對撐不過上海這一波殘酷的「現代化」戰爭，比酷、比炫、比豪華、比排場、比噱頭、比人脈……，面對各種無上限的等級、裝備、強化、鑑定、附加功能，老媽的戰鬥力，就像電玩小屁孩撞上電競高手，在肅厲的絞殺中，早就屍骨無存。如果當年還留在上海，店大概早就收了，搞不好房子還是賣了，工作不上不下，生活也一整個沒戲。幸好這些爭議，老媽不上網，什麼都不知道，只單純感謝老爸：「我這輩子唯一的好運，就是遇見了你爸，要不然，我們現在該怎麼辦？」

老媽心地善良，想得開，這樣也好，天天過的都是好日子。換阿世來看，還是老爸運氣好，不但在德國花光了家裡的資助，連董家兩老過世，也捨不得他擔心，不准任何人通知，只要他好好學習；當家裡再沒人有能力給他任何支援，眼看山窮水盡的日子到頭啦！剛好又遇見老媽，由她接手照顧他，傻傻地洗髮、剪髮，護著他，讓他安心畫畫，一輩子沒讓他擔心過一毛錢，不必受氣，也不用面對社會現實的摧折打擊。

老爸生病後那段時間，說有多難熬就有多難熬，老媽客戶的臉色，他沒少看，很難想像，老媽是怎麼應付過來的？幸好老爸臨走，還有一棟老房子庇蔭妻小，算是盡了他今生的責任。阿世真正感謝的是，在剛剛好的時刻，他們遇見陳承業。台東的步調很慢，適合那時候疲累到什麼腦筋都不想動、什麼事都不想做的老媽，有一小塊地、一點點積蓄，讓她慢慢休養，學畫、教畫，一群又一群天真孩子的胡鬧，重新為他們的生活注入笑聲。

遷回台灣後，他養成一個老習慣，在老媽入睡後，安安靜靜透過網頁，讀著陳承業的建案。和他通信，一方面練英文，一方面學習運轉這麼大的事業需要投入的籌謀和堅忍。想起來，陳承業比他自己的父親更能帶給他想像生命的希望和力量！他傳承到董嚴的繪畫天分，少了點純藝術的熱情，卻特別喜歡畫設計圖，隱隱然以陳承業當典範，想做個建築師；後來，他在搜尋陳承業的新消息時連上他兒子的 ig，發現 Harry 典型英倫貴族的生活圈，騎馬、擊劍、射箭、攀岩，以及隨手發表的各種精巧設計小圖，心裡說不清什麼滋味，有點驚豔，有點心酸，還有一點點……忌妒？

是啊！他不想承認卻不得不面對的忌妒。從小到大，很多人都說他陽光、大氣、懂事，他也一直很喜歡這樣的自己。直到潛水讀著 Harry 的世界，那樣炫目的才華、自在，以及……，他從來不想承認自己最忌妒的是，那樣的父親。這才叫做陽光燦爛、世界閃爍輝煌哪！阿世忽然看見了自己的陰暗，原來，他藏著這麼多憤怒。氣爸爸不負責任、氣自己得扛起這麼多責任、氣這個世界總是有這麼多憤怒和惡意，還氣自己為什麼不能輕輕鬆鬆地學習、旅行，只要無憂無愁地做一個孩子就好？

在深夜的小角落，阿世哭了。沒人知道他會哭，也沒人看見過，他在建築設計的土壤上，曾經種過一朵來不及綻開的小花。

上了大學，阿世選擇了法律系，一路緊盯著蒂賓根的交換計畫。他是董嚴的兒子，一定要完成所有董嚴來不及完成的旅程，並且慶幸自己從來不曾讓陳承業發現，他想要這樣一個父親。

陳承業無從理解這麼多複雜反覆的內心戲，他只是隨著阿世長大，越來越喜歡閱讀他的「年度會報」，想像著他們母子，在他的「天涯海角」，替他活出一種他嚮往過、計畫過，卻始終不曾實現的一場關於「簡單生活」的美夢。是不是越簡單的人，有一種內在的力量越強大？像紫燕這樣自在地生活，像阿世這樣勇敢地面對變動！讓他在繁複的商場競爭裡，保留了自由呼吸的小角落。不知道為什麼，他常在阿世身上，看見自己初至英倫時的倔強和掙扎，這孩子有一種迴異於 **Harry** 的草根性，溫暖，強韌，讓人信任，信寫到最後，他總是懂事地說聲謝謝，相約：「改天到上海，大家聚一聚」。

這樣的約定說得太多次了，大家都知道不可能，只是為那棟老房子留個念想，覺得有一些故事還沒開始，但很值得期待。阿世遠飛這年，紫燕不知道他有沒有繼續做「年度會報」。收到陳承業的生日祝福，回了個笑臉以後，難得地回了短句：「感恩年年惦記。」

「年過半百，記憶尚好。」回訊很快到了。隔了三十分鐘，陳承業忽然生出一股衝動，也沒細想有沒有「越線」，一失手，就把惦念傳了出去，「噹」地一聲，紫燕打開手機訊息一看：「哪一年沒祝福妳，就是痴呆了。」

不知道為什麼，這十二個字，勾進紫燕心底，反覆跳動著，越想去壓抑就跳竄得越厲害。陳承業的文字很少揭露心思，難得的私密，讓她發了會呆。對著訊息，想了三十分鐘，點了個笑臉，遲疑著要不要寄出去？隔了三十分鐘，終究還是刪了，阿世和陳承業的「年度會報」，靠得太近，超過了她習慣的人際距離。

阿寶走後，她想著自己怎麼從新竹到台北、從台北到巴黎、從巴黎到蒂賓根、從蒂賓根到上海、又從上海到台東？就讓她想得頭好痛，那是如何一種失序顛狂？後來她又怎麼遺失了翅膀，從飛鳥變成植物，種植在土地上，慢慢又在土地掩覆中，靜靜變成了礦物？

好煩啊！她只想安安靜靜的，一個人，發發呆，想一些無關緊要的小事，怎麼在遙遠的新竹還想起這些的？甩甩頭，紫燕走進最熟悉的城隍廟小吃街，一如以前和寶貝一起，閒逛在同樣的攤子、同樣的位置，點了一模一樣的肉圓和四神湯，腦子裡卻不知道為什麼，不斷盪著「哪一年沒祝福妳，就是痴呆了」、「哪一年沒祝福妳，就是痴呆了」、「哪一年沒祝福妳，就是痴呆了」……

好可怕啊！日子一年一年過去，她掉失了所有面臨變動的勇氣，越來越害怕生活中所有的意外浮沉。這樣的她，真的有能力像黃勝雄醫師一樣，創造出新的熱情和希望嗎？紫燕拚命吃，直到整個肚子鼓了起來，不得不嘆口氣：「真的，不能再吃了。」

從小吃街出來，陽光好亮，眼睛有點刺，她看到三角公園前的主題造景，基座由八條鯉魚拱護著一條即將化成龍形的鰲魚，點染出從小大家都聽熟了的「九鯉化龍」傳說。水池壁面上，排著八個玻璃製成的鯉魚燈飾，象徵其他八條鯉魚也將陸續化鰲，代表文化歷史脫胎蛻換成嶄新的科技大城。紫燕想了想，這是什麼時候的創作呢？念書時，常在這附近晃；「新竹科學工業園區」從國三時開始運作，那個年代，沒人想像得到大家的生活圈會因為「遙遠」的竹科改變這麼多。

她記得，新竹舊稱竹塹，自古就有「鯉魚穴」的傳說，相傳這裡是鯉魚穴的嘴巴，鯉魚的尾巴在十八尖山，剛好貫穿整個市區，全台神格最高的新竹都城隍，地位崇偉，神像威儀如生，夕陽西下，一片燦爛金光，猶如鯉魚吐珠，在真實和虛幻之間，吞吐著讓人讀不懂的千言萬語。就是在這裡，她展開〈城隍髮判〉玄奇的開頭。完成那篇小說的很多年很多年以後，紫燕掉了胡思亂想、習慣不用腦子地勞動著，沒人記得她喜歡小說，連她自己都忘記了。

咦？想到這裡，她的心「蹦！蹦！蹦！」地熱起來，這不就是阿世來不及見識到的「老媽的本事」嗎？

幾十年後，同樣在這神奇的鯉魚穴口，她想起一個叫做「小飛」的小說家，以及一篇不可能找回來的小說。現在，就是她「最壯年的五十五歲」。如果再拚一次，她找得回那些曾經自在飛翔的文字嗎？到底要怎麼找？究竟，她想要找的，又是什麼樣的自己呢？好多問號，在腦子裡轉啊轉，她沿著護城河，像身在任何一個城市一樣，慢慢散步。

平日散步，涼風吹走了疲倦、不安，以及不時湧現的各種各樣說不出理由的憂煩，走著走著，腦子空空的，最適合發呆，連阿世叫她都沒聽見。這天不一樣，陽光透過葉子篩下來，跳躍的細點點，隨著步伐，像小小的金色精靈，纏繞在天寬地朗的清風間，好多碎細的想法，追逐著、翻滾著，如小小的海面，一遍一遍噴竄著關於自己的小說計畫，閃爍著，有點點浪花映著金陽碎葉。

她想起以前的自己，確實一點都不懂得怎麼教兒童畫？還不是泡進參考書堆裡「臨時抱佛腳」，一時忍不住笑了起來，決定找一家書店，鑽研小說入門。出門旅行，不敢多買，她精挑《小說欣賞》、《小說創作入門》和《名家小說教室》三本書，還有一本封面浮雕著紫色小燕子的筆記。回到飯店辦續住，電視開著，讓屋子裡多了點聲音，螢光幕上播著什麼，她都沒注意，只打開筆記本，邊寫邊畫，用一個小方塊又一個小方塊，熱切規畫起屬於她自己的「小說讀書會」，想著找一群朋友，一起讀小說，交換不同生命領略；又想著要不要找懿娟討論？她應該也會喜歡這種活動吧？還是會說：「忙死了，哪有空啊？」

在超強的冷氣裡，她埋著頭寫啊寫，好像藏在身體裡的創作渴望全被喚醒了。要不，改成「小說寫作會」？懿娟會想要寫小說嗎？還是太難了，一口就拒絕！誰會來參加呢？想著想著，紫燕又遲疑了，一下子就要寫小說，困難度太高了吧？要不要問問阿世？到底該怎麼辦呢？最後，她又任性了一次。幹嘛啊！一定要問別人嗎？看著畫得亂七八糟的筆記本，她想起幾十年前寫〈城隍髮判〉的一大疊稿紙，混亂、熱烈，好像有一肚子的瘋狂急著奔竄，像一顆即將爆炸的超新星，在恆星演化最後，儲藏著幾乎是一生輻射能的總和，劇烈拋散出重力波，攪亂星系。比起真正的爆炸，她現在要做的事，只是安靜而專注地，把跌落在一生中的超新星殘骸，慢慢撿拾回來。

那所有膨脹在過往的氣體和塵埃，那些舊地、舊事和舊人，都將形成現時此地的意義，這不是更簡單嗎？不想再和任何人商量了！紫燕整理了書中重點，策畫出每兩個月聚會一次、每次兩小時的寫作討論。從創作心理、小說最重要的開頭和過場，到寫作問題討論，讓大家一起摸索，慢慢把創作習慣轉成秩序的規律，相互督促，無論作品有沒有完成，以一年為限，最後再分享問題檢視和創作心得。

入睡前，她在「誓言畫室」粉絲頁，發了「小說拾光寫作會」的公告。邀約所有渴望讀小說、寫小說的熱情參與者，最重要的是，必須提出寫作計畫，無論是微短篇、極短篇、短篇、中篇、長篇，或者是每周一篇、每月一篇組成創作體系，在活動展開之前，認真想一想自己的創作緣起和主題，勾勒出主配角、時間、空間、個性、意象、主要事件概述的創作雛形。

發文之後，可能是太興奮了，一時也睡不著，她又起身，為自己做了個寫作計畫。剛讀完滿肚子小說理論，再加上阿世飛到蒂賓根，讓她想起在法國和德國的飄零，並且在做頭髮的過程裡，看遍歐亞糾纏、聽盡悲歡離合的社會議題，她想寫一個離開故鄉，沒有家又失了根的女孩，最後住在黑森林裡慢慢消失，嗯，就這樣吧！寫一個很悲傷、很悲傷的奇幻故事。她打開粉絲頁，下了個標題：「寫作計畫示例」，整齊地貼在「小說拾光寫作會」公告邊，再忐忑不安地躺回床上，忽睡忽醒，心裡害怕著，該不會沒人來報名吧？要是一個都沒有，她這小說計畫，該怎麼繼續？如果一意孤行堅持到底，最後還拾不拾得到光啊？

睡得不好，紫燕很早醒來，幾乎是本能，跳起身，焦慮地打開電腦收信。咦？真的有人寄信來耶！陌生的 E-mail，標題寫著「我要報名」。她心一跳，指尖顫抖，怎，怎麼這麼快就有人回應了？她急切地打開署名「小言」的寫作計畫，看著一個糊裡糊塗的女孩，靠著一個叫「誓言」的精靈，從法國、德國、上海到台東，不斷流浪著的故事。她越讀越皺起眉，到最後真的發火了，什麼精靈？根本是個小屁孩！也不管現在德國是凌晨三點半，電話打了過去，沒人接，鈴聲響了又響，直到阿世帶著濃濃的鼻音接了起來，她大罵：「有意思啊你，什麼小言？還換了個 Mail 報假名？你想把我氣死啊？」

「厲害啊！老媽。」阿世被罵醒了，聲音裡藏著調皮的笑意：「我這不就是想支持你嘛！小說拾光，題目訂得很好耶！寫作會公告，你真行啊！怎麼不跟我商量一下啊？說，公告是誰幫妳寫的？」

「你皮在癢。」知道阿世這是拐著彎在誇獎她，紫燕一下子就氣消了：「幹嘛啊？你很空是吧！不去讀書，搞什麼寫作計畫？」

「這叫鞏固中心領導！你不知道，在歐洲學習，多的是比讀書更重要的事。」阿世笑了起來：「昨天真被你的公告嚇了一跳。在書桌前咬著三明治溫書，手機噹了一聲，誓言教室新消息，打開一看，寫小說？還要提寫作計畫？這是我老媽嗎？我嚇到吃不下晚餐，本來只想宣示效忠一下，誰知道後來你又搞了個很悲傷、很悲傷的寫作計畫，還躲到黑森林裡，我就在這裡，不當小精靈捕手，又能讓誰當呢？這可是我的誓言耶！」

「啐，就你會甜言蜜語。」紫燕氣消了，有點不好意思：「去睡吧！不好意思吵了你，明天還得早起上課呢！」

「嗯，你也要好好的。」阿世的聲音正經起來：「老媽，你真的很棒！無論你幾歲，都可以帶著夢想，到每一個你想去的地方！要不然，只要是你想去的地方，我也一定會帶你去。」

「知，道，了。」掛上電話前，紫燕模仿著阿世慣用的語氣，還微妙唯肖地嘆了口氣，兩個人一起笑了起來。阿世翻了個身，甜甜蜜蜜睡去。紫燕對著電腦發了會呆，非常擔心，除了阿世，還會有其他人報名嗎？

回到台東，沒等到報名信。懿娟直接衝到「誓言畫室」，聲音和身影都像一陣旋風：「天哪！真是不可思議，瞧你這生日，搞出什麼啦？你可真厲害啊！」

「什麼啦！」懿娟這般張揚，搞得紫燕都不好意思起來。也許是平淡的日子過久了，難得在主婦生涯生出波瀾，懿娟興奮得不得了：「嘖，嘖，嘖，五十五歲，真是最壯年的夢想家啊！行，什麼都沒給商量，就搞出這麼大排場，厲害啊你。」

「是有想過找你商量，怕你不喜歡這種活動，又怕你說忙死了，哪有空啊？」紫燕抿抿唇，有點緊張。懿娟甩了個白眼：「忙當然是忙死了，誰不忙啊？問題是，想參加，就有空。」

「你想參加？喜歡寫小說嗎？要寫小說計畫耶！」紫燕趕忙「民意調查」，她一直不知道這樣的小說寫作會，有沒有可能成行？懿娟帥氣地說：「寫計畫，誰不會啊！我一天就可以寫出好幾個小說計畫。你不知道我家那兩隻，活脫脫就是小說材料，無論是武俠的〈姐弟相殘記〉，童話的〈黏答答故事集〉，要不然就來寫我自己的〈千金小姐台東落難記〉。」

「那不行。」紫燕好不容易振作起自己，想要做一件「很特別的事」，不想變成左鄰右舍哈拉打混的地方。她正起臉色認真說：「懿娟，我這一路走來，可以說有多少朋友就掉了多少個，難得在我身邊，你就是我唯一的朋友。我賣出的第一幅畫，是你的真心欣賞；黃勝雄醫師的故事，是你告訴我的；奉獻最壯年的五十五歲給這個世界，也是你送我的最重要的一句話。所以，我一定得和你說真話。你要想清楚，為什麼參加小說寫作會，如果只是因為我們是朋友，那麼，不要加入，不要影響了這個寫作團隊的認真摸索，沒有插科打諢，我們還可以開開心心繼續做朋友。」

「有，有這麼嚴重嗎？」懿娟愣住，隔一會才結結巴巴：「別，別一副『我要是參加就做不了朋友』的夜叉樣。我有這麼糟嗎？人家我這個『懿』是內在美、『娟』就代表外在美，還出生在七夕，多浪漫啊！我們家有一櫃又一櫃書牆，典型的文青，放心，放心！過幾天就給你寄超嚴肅的寫作計畫。」

紫燕被懿娟的隆重表態打動了，也被自己的神經質逗笑了，重重打了下自己的頭：「太久沒做正經事，好像太小題大作了，我這叫沒用的家庭主婦，小事當大事辦，嘿嘿，對不起啊！」

「認真好，還是認真一點好。」懿娟也笑：「沒用的家庭主婦，說的是我啊！每天帶著兩個孩子當黃臉婆，沒氣質的話講慣了，別怪我唷！我也想認認真真做一件有氣質的事。誰不喜歡活在文青的世界呢？多美啊！你看，你的名字取得多好，小說拾光，好像通過小說，靠近青春，撿拾著那麼多被寵、被愛、被無邊無涯縱容著的時光。」

懿娟紅起眼眶，轉過身，背著紫燕，讓自己的情緒慢慢平復。曾經，誰不是那樣被寵、被愛、被無邊無涯地縱容著呢？她想起第一次看到紫燕那兩幅〈月光海〉素描，心動了一下。那時，他們剛在台東定居，因為那抹暗夜裡的亮光，忽然回到青春時候，一向高傲的阿林，完成博士學位後，以他在大學部兼課的各種好評，大家理所當然認為，一定會被母校禮聘，沒想到，另一位在學術研究和教學風評都很普通的博士生，靠著系主任的關係被留任，擠掉了他的位置。

阿林很傷心，什麼都沒說，申請到台東就搬遠了。日子走著走著，變成現在這樣，沒什麼不好，可是，又有什麼好呢？她常對身邊的親友投訴：「我們身邊，總可以看到那麼多簡直就像電視電影裡的女一，專注，深情，認真，率性；為什麼在現實生活裡，怎麼找也找不到男一呢？」

這些感慨，很能引起共鳴。以為這輩子就是這樣了，直到看到紫燕畫的黑白線條，鮮亮地凸顯出海面上爍目的月光，一下子照亮了她的心。想起和阿林初到台東，每到月圓前後，他算著時間，每一夜的「月出」，都比前一夜遲七十五分鐘，帶著她，從農曆十三日開始，追逐著月昇東海直到月落，漫長的執迷，一夜又一夜，直到農曆十七，近天亮才回家。這樣每個月、每個月，阿林陪著她追逐月光，溫柔地看她一遍又一遍踩踏在月映水影的光帶裡舞蹈，吟唱著，快樂著，她的聲音都啞了。阿林帶她去做檢查，說是睡眠太少，聲帶疲勞，忍不住敲了她的頭：「就是貪。」

是啊！誰不貪戀著月映水色的千般美好呢？這以後，阿林不再帶她去看月光海了。流光好殘酷，不必砍削，光是一天又一天過去，就讓我們忘記了清風花露、水遠煙飛，只剩下浮塵碎沫。難忍不堪的姐弟相殘、黏答答故事和千金小姐台東落難，有沒有可能通過「拾光」魔法，讓我們重新拾起那所有捨得和捨不得的斜暉璀璨、光影幽微呢？

光影幽微

「小說拾光寫作會」公告後，紫燕夜夜不安，意識沉入混沌，像她近來專注投入的小說世界，鎖進無邊無際的灰暗，騰升著、翻滾著，始終無法熟睡。收到第一份寫作計畫時，仿如她喜歡的修仙小說，太初新醒，恍兮惚兮，有一線光遠遠拉近，細細的，把沉重的晦暗烘烤得輕輕暖暖的，來不及打開檔案，她就急切地通知阿世：「有人報名了，有人報名了！」

「嗯，果然你的計畫寫得好！連我都很想參加呢。」隔著天遙地遠，阿世一改潑冷水的習慣，回應時努力為老媽打氣。紫燕也忘了和兒子抬槓，一逕開心著：「真好！我要開始和大家一起寫小說了。」

「來報名的，是什麼樣的人呢？」阿世一問，紫燕愣了一下：「不知道，還沒看。只說要附寫作計畫，沒要求寫簡歷，又不是婚友社，我們只打算一起寫小說，問那麼多幹嘛？」

「怕你發生危險啊！畫室就設在家裡耶，除非，第一次活動地點，找個咖啡屋？」阿世有點擔心。紫燕很瀟灑：「別怕，寫小說的，能搞出多大動靜？我只打算找九個人，連我十個人，拾光，剛好是寫小說的十種光亮。你說，會有九個人來報名嗎？」

「要不，趕快加上說明。有抽獎，報名前十送贈品？」阿世打趣起老媽的患得患失，紫燕「啐！」一聲掛上電話，專心研究起剛收到的第一份資料。這位叫「曉慧」的女孩真客氣，除了寫作計畫，還附了短函，介紹自己在伯朗大道邊開書店，真浪漫。紫燕有點擔心，那麼偏遠的地方，業績不會太好吧？一下子又笑自己太多事，業績好不好有什麼關係？身心安好就夠了。紫燕讀著剛打開的寫作計畫，像迎接第一個孩子，讀得有滋有味，小說計畫聚焦在一個開書店女孩，家住書店樓上，初醒時從樓上走到樓下、夜睡前又從樓下走回樓上，看著摯交親友不同的人生故事，悲歡離合，跌宕瘋狂，自己卻僅停留在上樓、下樓，這樣安安靜靜地過了一輩子。

哇，真有點日譯「療癒系小說」的味道，讓人一見難忘。紫燕陷入小說熱潮，不斷想像著，如果董嚴還在，是不是可以更輕鬆地駕馭這個寫作會？距離截稿日還很遠，懿娟不斷打電話來：「我真的認真在寫小說計畫，怕趕不上，再等等，再等等啊！記得留名額給我。」

紫燕覺得好笑又尷尬，不敢讓她知道，目前，就只曉慧寄來一份計畫。知道收件毫無進度，搞得阿世很緊張：「要不要我視訊參加，充充場面啊？」

「別，別鬧，我可不想一邊寫小說，一邊還要分心當你媽。」阿世一聽，忍不住好奇：「說真的，老媽啊！到底你是怎麼想出這個計畫的？寫小說，很難耶！」

「我，我……」紫燕本來想坦白自己以前寫過小說，想了想，忽然又覺得很忐忑，那算是小說嗎？或只是一時激情的宣洩？還找得到〈城隍髮判〉那篇小說嗎？嗯，如果阿世知道，這多事的孩子一定會到圖書館找《醇粹》創刊號，可是，從來不見天日的作者，有人記得嗎？如果憑空宣示自己就是作者，有人相信嗎？會不會那些日子、那些情懷、那些記得和記不得的胡思亂想，早就消融在無邊涯的時空中，如水滴匯進了大海？最後，她笑了笑：「就是啊，我想當斜槓老媽呀！看自己還能不能做一些很難的事？你別再問東問西了啦！好好讀書，長大孝順我，讓我自由自在地想做什麼就做什麼！」

紫燕關掉視訊，繼續開著電腦，一遍又一遍檢查信件，神經質地反覆著。就在截稿前一、兩天，收到幾個寫作計畫，大部分都很簡單，看起來沒什麼寫作經驗。有一封署名「あきよし」的計畫，讓她開心得笑裂開嘴，修仙小說耶！迢遙如崑崙的〈幻城〉，讓她想起遺忘已久的網路閱讀沉迷。阿世出生那年，痞子蔡的《第一次親密接觸》從台灣紅到中國，她讀到男女主角第一次在麥當勞約會，覺得好親切，那些詼諧的對話、痴狂的愛戀和煽情的死亡，把習慣實體閱讀的讀者拉進網路，從此以後，無論是古言、現言，網路小說越寫越興旺，虛構時空越來越寬闊奇詭，建立在科學基礎上的「科幻小說」、建立在神話基礎上的「魔幻小說」，或者是建立在玄想之上，不受科學束縛，比魔幻更自由的「玄幻小說」，成為網路點閱新寵。

點閱率，決定了出版方向與可能。很多網路寫手寫著寫著，因為接不下去而停頓、失蹤，或因為市場反應不好，出版社要求中斷、停寫。讀者自主的權力擴大了，改變閱讀版圖，做什麼事都很認真的董嚴，一本正經地為她介紹這些閱讀樣貌的重組。一開始，她覺得董嚴有點無聊，寫什麼都無所謂啦！髮廊工作忙，還要帶小孩，不就看個小說嘛，需要這麼較真嗎？直到阿世上小學後，稍稍得閒，當她有心情大量閱讀時，董嚴的分析和比較，讓她聽得眼界大開，連讀小說的輕消遣，都變得有滋有味。

在紛繁的網路風景中，《小兵傳奇》、《誅仙》和《飄邈之旅》，被譽為網路點閱剛起步時的「三大奇書」。《小兵傳奇》充滿中國開放後急切「力爭上游」的集體渴望，越寫越放大到無從侷限的超能界；《誅仙》接續武俠傳統，在華麗的俠情世界，闢出安定現世的童話想像。她喜歡蕭潛的《飄邈之旅》，追得欲罷不能。董嚴越是嚴謹地為她分析、詳解，在當時無數篇爭相炫示異想，擴張向「非人化」或「難以收場」的奇幻陷阱中，這部小說連載，越寫越回到「人的初心」，持續半年的點閱榜首，成為網路玄幻修真類作品的奠基之作。聽著董嚴的評論，搞得她有點擔心，讀小說變成什麼大事似的，龐雜的說明讓她莫名緊張：「你該不會想對我考試吧？」

「你只想糊裡糊塗活到老啊？」董嚴揉了揉她的髮，眼睛底藏著「恨鐵不成鋼」的寵溺，不管她想不想聽，每更新到他喜歡的段落，董嚴就像修仙小說的老師父般，在她腦子裡注入從奇幻文學、武俠，以及現有網路發表傳統中流衍出來的「玄幻小說」特色。像在教室上課，對照國際奇幻潮流，突現出更古典、更細膩、更具有佛道混沌東方暗示的華文個性。除了畫畫，紫燕很少看他這麼開心，總是講得熱情盎然：「當網路小說劈開一種無論任何平凡小子都能造夢的機會，想寫的念頭，不斷在蕭潛心裡翻滾沸騰。四十歲，幾乎比一般網路寫手年長兩倍的疲憊中年，闖進玄幻天地，一個人，安靜地踏上英雄路，從此開展出他在文字上的飄邈之旅。」

隨著更多介紹，紫燕慢慢感覺，也許董嚴在從小喜歡《水滸傳》、《射雕英雄傳》的蕭潛身上，寄託了自己「攀登巔峰，超凡卓絕」的渴望。啊，不只是董嚴，我們誰不是各自走在別人無從參與的「飄邈之旅」呢？平凡的主角，在好友與情人的雙重背叛下，萬念俱灰，走向修真，深切感受到凡人在修真高手之前的脆弱與不安，而後在武俠小說必備的「機緣巧合」下，獲贈釋魂龍戒，領略十八滅魔手，闖入天籟之城，習得各種仙法，成為修真高手。

這還只是修真歷程的起點，接著在靈鬼師、裂獸族、大幻佛境、幻魔珠、靈鬼界、黑魔界這種種不可思議的遇合後，逆天寶鏡、修神天薦章、鎮天神獸、貝治丹鼎、熏風帶、神罰之眼……，一層接著一層的煎熬考驗相繼出現。經歷從弱到強、從修真到修神的成長過程，才領悟到修真之上，還有層層相疊相續出現的靈鬼、散仙、大羅上仙；仙人之上有更厲害的天君、青帝、天姑等上人，上人之上還有更厲害的神人，更厲害的古神……，永遠不確定下一個更厲害的是誰？

連載三年、文長兩百萬字的《飄邈之旅》，借用電玩、卡通、漫畫模式，不斷過關，不斷解決問題，不斷煉製法寶，不斷晉級、進化，複製關於法寶、修煉、戰鬥、死亡、重新再來的電玩卡漫經驗，表現出豐富的想像力、精彩的人物塑造，以及相互呼應的緊密結構。「過關」、「法寶」與「變身晉級」，成為推進故事的主軸，以「慷慨」、「分享」為主題，朋友至上，愛情的刻畫極淡，沒有常見的正邪對立集團，只有情意相挺，佛道成全照應，天人相互依賴，仙魔同心修神，靈鬼神協力互助，參與的人越多，世界就擴張得越大，而那無邊涯的星空，還醞釀著無人可以觸及的無限飄邈，只覺得杳杳茫茫，天力難敵，旅途沒有終點，歷練才要開始……

最後，一顆小小的水滴狀神器，開啟一個我們可以創造、掌控，並且可以和「神界」、「仙界」、「靈鬼界」、「人間界」……並齊的「原界」。董嚴拿起畫筆，在已完成的寫實風景裡，框出一個圓圈，塗抹出朦朧中閃著晶瑩的光影，好像畫裡的顏色，盛裝在一顆放大的水滴裡，這是他自己的「嚴界」。

當世界有了點確定的秩序，大家終於看見，世界很大，在無邊宇宙中，可以和所有我們所愛、也愛我們的人，相守在一起，喝茶、閒坐，試著解決問題……，就是一種可以確定的幸福。董嚴放下畫筆，移開凝視紫燕的眼神，對著遙遠的虛空做了結論：「這種在歷練、成長後確定的生活日常，成為《飄邈之旅》最動人的精神。一如白天上班、晚上寫書的作者，安安靜靜地在南京工作，他身邊的同事，沒有人知道他還有另外一個身分，叫做蕭潛。」

「這世界上，除了你，誰又知道董嚴呢？」董嚴摟住紫燕，聲音裡藏著蕭索，像千山幽谷裡沒人理解的孤獨劍客。紫燕伸出手指，沿著他的臉模、下巴，到頸項，輕輕勾出線條，太多的捨不得，不知從何說起，只滑過他細細的髮、絨絨的鬢，這是她最熟悉的王國。以前聽很多人說，他的右側臉好看，她在剪髮時就特意削弱右鬢的優點，平衡左臉的問題。我們對鏡時，習慣看自己好看的那一邊，很少注意到，呈現在人前的是整體，剪他的髮，她習慣把左半邊修得薄一點、短一點，讓不對稱的線條，凸顯出臉形的立體感，如果沒抓到這個小訣竅，兩邊的髮量抓齊了，等長的視覺會把他的下巴襯得方一點，看起來比較呆板、也比較冷漠，這就是為什麼他的朋友都說，董嚴遇上她，整個人都變好看了。

他總是笑得很開心。只要一點點剪髮技巧，就可以修掉他的堅硬，看他柔軟而幸福地笑，左頰忽隱忽現，有個小小的笑窩，紫燕心裡很得意，說過要為他剪一輩子的頭髮，當然會越剪越好看。

董嚴後來不太笑，情緒越來越緊繃。《飄邈之旅》改製成電玩時，他已經病了，工作和生活交疊成無止盡的挑戰，她在說不出的窘迫中，帶著阿世，努力撐起笑臉，好像什麼都好好的，日子一如往昔，下一秒鐘就會變好。那樣的時日，頭一沾枕立刻睡去，沒有時間多想，只聽說修仙小說不斷翻新，回台後忙著畫室，連《飄邈之旅》正體版出齊了都不知道。現在時間多了，讀著〈幻城〉小說計畫中的修仙歷程，想起那些看董嚴等著更新、笑著討論的日子，才知道無所事事地讀小說，竟然這麼幸福？

和我們所愛、也愛我們的人，相守在一起，喝喝茶、說說話，都是在失去後才算確定的幸福。這天黃昏，紫燕吹著風，慢慢走在樹影搖移的小路上，反覆想像著あきよし是個什麼樣的人呢？她建構出來的修仙幻城，到最後，會發展成一切都是虛妄，還是像董嚴帶她領略的，幸福是風，無所不在，無從捕捉，從不會為誰停留？只有在一些剛剛好的時空，確定感受到日曬的馨芬，土地的微震，水的流動，空氣的溫舒……，幸福如一陣輕風拂過，這樣活著就很棒了。

夜裡回到電腦前，不再耽慮大家有沒有寫作經驗，她跳出主辦人的焦慮，把對未來的想像和期待，都轉成純粹的閱讀幸福。一份又一份寫作計畫寄來了，奇幻童話、歷史傳奇、音樂小說、極短篇速寫、電腦擬人故事、圖文心理劇場……，每一份寫作計畫如風拂過，無論繁簡，都是創作者的水滴神器，開啟一個我們可以創造、掌控，並且可以和「神界」、「仙界」、「靈鬼界」、「人間界」、「原界」……並齊的「文字界」。截稿「死線」前，懿娟交出〈月光海〉的小說計畫，刻意加上影印封面，非常熟悉的畫，從前在畫室向紫燕買的素描。紫燕特別拍給阿世看，阿世笑說：「哇，老媽不但是斜槓作家，還賣了畫，斜槓成封面畫家了。」

「謝啦！寫不寫得出來，沒個準，反正我會很努力。努力寫字，也努力工作。你也要努力喔！你爸說，歷練、成長後確定的生活日常，就是創作最動人的精神。」掛上電話，紫燕對著電腦發呆。想像著董嚴如何在創作之前匍匐、掙扎，好像慢慢懂得了，他在蕭瑨的孤獨之旅中，看見了自己的寂寞，又在這樣無可逃躲的寂寞裡，找到一點點溫度，讓自己繼續走下去。

她整理著參與者的資料，為大家設計一個小小的個人圖騰，準備做一些小卡，在第一次聚會時發給大家。報名寫作會的人，應該都很年輕吧？多半沒署名，只標上暱稱，她為喜歡機器人程式設計的小羅，畫了個Q版機器人，大大的頭、亮亮的眼睛，比Pepper更像漫畫；心理諮商師林承安變身成一顆會說話、會走路、還張著大眼睛的愛心；あきよし應該是典型的哈日族吧？她參考日本浪人做範本，畫了個很酷的飛天女浪人；曉慧的寫作計畫，雖然偏帶日系療癒風，但她想像著書店那一大片沉靜的書牆，忍不住畫出一本急著飛出來的書；最年輕的小珍才二十歲，和她揮灑著盲目的熱情寫下第一篇小說時相同的年紀，計畫寫一篇關於小提琴「Giuseppe Lucci 1972」的故事，很有學問，讓人完全看不懂，她一邊偷笑，一邊流暢地畫出充滿人形曲線的小提琴。

有一篇音樂小說計畫，周到地附上作者簡介，葉以煌，音樂人，六十歲，「煌」的日文發音是「ひろ」，成了他的日文名字，年輕時因為諧音方便，隨手選了英文名字「Hero」，歲月走過後，對這樣的名字特別心虛，好像自己還得做點什麼，才稱得上是個英雄。也許是因為音樂訓練傳統而嚴謹，這篇自我介紹，大概是寫作會裡最隆重的一篇。她慢慢勾勒著五線譜上安靜的休止符，舔了舔唇，暗自慶幸，年紀最大的幸好不是自己。畫著畫著，腦子裡盤旋出更多慎重相待的心意，有點不好意思，自己才應該對倉促發起的寫作會表示心虛呢！不知道還可以多做點什麼？她對著何愛琳老師的資料，和一個不知道做什麼的阿靜，無從下筆，想到沒辦法為每個人完成小圖騰，有點不公平，乾脆放下畫卡，只做了些文字簡介。

「是啊！可以不做圖騰小卡，但一定要有一些文字介紹。」懿娟交了小說計畫後，心情特別輕鬆，喜歡窩在畫室，和紫燕一起檢查這些報名資料，胡亂揣想著每個參與者的個性，以及背後的故事：「大家都不熟，第一次見面，互相研究一下背景，發揮想像力，再慢慢靠近、了解，這樣不是很棒嗎？」

她自告奮勇替大家重做簡介、影印資料，日子好像從無聊的重複中，多了些有趣的色彩。從小到大，懿娟喜歡沉迷在混沌不明、被誤解或未經探索的知識領域。後來，她選讀哲學探究，嘗試解開從繁到簡之謎，只可惜，家裡的堂兄弟姐妹，幾乎都在醫學院，和她完全沒有交集。畢了業，很快結婚、生子，跟著阿林搬到台東，掉進「小孩子怎麼這麼多問題？」的無限迴圈，再沒什麼機會動腦筋，更不可能有人發現，她本來是個敏銳的探索者，每一天都渴望尋找生命意義。

她一直認為自己很單純、很直接，沒發現自己喜歡「把簡單的問題複雜化」，也常在逃避問題時表現得很脫序，對突然出現的混亂，乾脆都矢口否認。第一次看到紫燕畫的素描〈月光海〉，像意外的電擊，她傻在畫前，寧靜的生活裂開縫隙，讓她驚慌失措。那些亮光、那些陰影，不時反覆鑽進心底，無邊無涯晃漾著、鼓動著，直到她買下這兩幅畫，掛在洗手檯的妝鏡邊，每天趁一早刷牙洗臉時，仔細逡巡著、浮沉著，好像正在和年輕時的自己說說話，才把翻覆的心情安定下來。

連生兩個孩子，她有點焦慮，怕自己做不了好媽媽。月子期間，她錄下新生兒的笑聲，剪輯成「來電答鈴」寄給親友，對每一個探訪她的親友反覆撥號、試聽，有時就和一些不喜歡被約束的客人，多出一些想像不到的小衝突。為了保持禮貌，大家和阿林閒話幾句後急著離開，只有不喜歡被親友們抓著「義診」、下班後從不承認自己是精神科醫師的堂姐，被懿娟這些強迫性行為搞得緊皺起眉，靜靜觀察後，不得不破例「出診」，提醒她注意一下，有沒有發現自己睡眠需求變少，情緒容易波動，易怒，不能克制地多話，意念飛跳，注意力分散，自信心誇張膨脹，精神激躁不安，熱衷各種極具目的取向的活動，尤其，過分參與極可能帶來痛苦後果的娛人活動？最後，她淡淡做了結論：「典型的躁鬱期徵狀。」

懿娟不認同，阿林也不相信，笑問：「像她這麼陽光、正向，永遠熱情付出的人，怎麼可能精神有問題？」

「過於專注在有關自己的人事物，本來就屬於高危險群。」堂姐面無表情走了出去，阿林慢慢跟著。走了一段路，她才淡淡說：「阿娟一直不太瞭解，自己就像她渴望探索的世界一樣複雜。她有一種強烈而精確的自我監控機能，放大了一些別人難以感受的細微改變，表現就有點過度，你一定要多注意，當這種細微的感應，全都轉移到家人或另一半身上，會讓她所關懷、在意的人難以承受，最後又反彈回來，讓她自己更痛苦。」

「你只要安靜觀察她幾天，一定會發現有點怪異。」堂姐最後的這些叮嚀，因為阿林太忙，很快就忘了。倒是充滿「研究精神」的懿娟，本來非常排斥堂姐的「預言」，出院後，專注觀測自己的細微變化，開始在 Google 搜尋。堂姐說的躁動症狀，很容易在各個網頁出現，字面裡的診斷總是斬釘截鐵，只要出現至少三種症狀，連續發生一周以上，就是罹患躁鬱症，躁期後接著鬱期發作，情緒轉為低落，對大半的事物和活動都失去興趣，有時還會影響食慾、改變睡眠習慣，疲倦或失去活力，動作遲緩，長處在無價值感或過強的罪惡感，以至於無法有效思考、注意力不集中或猶豫不決，甚至有自殺計畫或行為。

到底自己正常嗎？她繼續搜尋，腦子裡繞著網頁裡的文字，像閃著各種不同顏色的警制燈號，不得不注意，躁期發作很突然，首次發病如果不加治療，平均將持續三至六個月，時間長短因人不同，鬱期則可能長達六到九個月。這樣執著地黏在Google裡反覆逡巡，讀著越來越多疑似相同的病例和症狀，懿娟幾乎無法呼吸，不得不衝到海邊，一天又一天，看浪沉浮。

節拍分明、起伏有序的重複和安靜，撫慰著她的心，寬闊的、遼遠的，送到天涯海角，再多的躁動都慢慢安定下來。她回到家，從褓姆手中抱回孩子，那可愛的新生兒笑聲，自然流向她內心最深最深的每一個角落，不需要別人參與，也真的讓她理解了別人也無從參與。她在手機群組裡，刪去新生兒笑聲的來電答鈴；開始注意起身邊親友的「Google生病學」，幾乎，每個人在身心出狀況時，習慣透過Google找答案，在各種徵狀中對號入座。左下腹痛，可能通往胃癌；體重減輕，就大驚小怪地變成胰臟癌，那可是奪走男高音之王帕華洛帝、時尚老佛爺卡爾拉格斐的癌王啊！

懿娟苦笑，現代人資訊越來越多，生活真的變得越來越方便嗎？她買了些關於躁鬱症的書，深入閱讀、消化，努力養成躁急時停下來深呼吸的習慣。

從小到大，她就是喜歡深入探索奧祕，對各種困惑人的難題、矛盾和謎團，特別著迷，在資訊和細節上，永無止境地想像、推衍，思維迷宮壯大如浩瀚星空。別人體會不出這些糾結、流連的樂趣，自然會以為她「難懂」。可是，她對「不被理解」，很少感到無所適從或迷失方向，埋在資料整理和情緒察覺中，她以一種堅決的意志力擊敗「Google 生病學」帶給她的恐慌，接著又打起精神，積極介入阿林的導生活動，笑說這是為了「了解世界」。

直到孩子上了幼兒園，她發現嶄新的「知性挑戰」，又把時間轉向對孩子的成長付出全部關懷。每個人都說，她是很棒的媽媽。沒想到，孩子長大後，竟然都蔑視她的努力，完全抹煞她的溫暖和犧牲，尤其是大女兒小璧，瘋狂地槓上她，需索起獨立的生活空間和必要的隱私權；小兒子阿璞學畫後，為了接送，她常年出入「誓言畫室」，和紫燕變成朋友，越來越喜歡對照阿世和小璧，覺得自己的孩子像不懂事的洋娃娃，整天和弟弟吵鬧著，沒個姐姐樣。

這個每天早上一定要等她做了早餐、配好衣服，不花腦筋就出門的女兒，選填大學志願時，竟然興奮地宣告：「耶！脫離老媽魔掌的機會到了，我要填的學校，越遠越好。」

一向自以為熱情的懿娟，全身發冷。開學後，這個被她認為「沒有老媽，怎麼活下去？」的超級媽寶，竟然整個學期推說「社團很忙」，沒時間回家。她的「生存意義」受到嚴厲挑戰，鋪天蓋地的痛楚，像瘟疫，以一種致命的瘋狂淹沒了日常秩序。她有點驚慌，只能更專注地讀著醫學科普，想辦法安頓自己，更加無助地羡慕起紫燕的「媽媽運」。阿世應該是全天下媽媽都想預約訂做的孩子吧？隨著這樣的反覆嘮叨，她想方設法要在女兒身上，複製阿世離家的「心意」，台北和台東沒有時差，黑白對鐘就算了，但她一直希望，下載女兒的GPS網路定位，並且共用行事曆，小璧驚慌失措地嚷：「媽，你瘋啦？小孩又不是囚犯，請尊重我是個獨立的個體。」

她那乖巧的小女兒，不知道什麼時候，神祕消失了。懿娟不知道，問題出在哪裡？整天想著一直依賴她的小璧，到了人生地不熟的天涯海角，究竟怎麼吃、怎麼穿？她看著阿璞，越大就越不黏她了，心裡有點難過，他長大也會像姐姐那樣，把自己全部的愛當作「魔掌」嗎？那些教養專家都說，養孩子像「跟會」，投資在前面的時間越多，以後就提領得越豐富。她從來不滑手機，把所有的時間都用來「跟會」，陪孩子說故事、讀繪本、看表演、上才藝課、泡圖書館，每年暑假的旅行，無論國內、國外，都設定「國家公園」作主題之旅，培養孩子們在精緻文明之外，銜天接地的寬闊格局。

記得，她牽著兩個孩子，散步在克羅埃西亞的十六湖公園。石灰岩溶蝕出各種高低落差，湖泊、洞穴、瀑布，形色晶瑩，景觀變化豐富，絢爛的夕陽映著由各種不同礦物質渲染出來的多色湖面，那時的小璧，拉著她的手快樂讚嘆：「媽咪，我們是不是走進了你說過的那些崑崙仙境啊？」

懿娟好快樂！帶著孩子，鑽研書本、研究人物性格，擁抱奧祕玄想，深入土地、穿越森林、測試海洋、搜索蒼穹……，和孩子們一起發現從來不曾涉及的真相，反映出所有關於探索的渴望。他們很少受到 3C 控制，總徜徉在書本和大自然的無邊寬闊中，她最滿足的時光，就是在睡前看兩個很棒的孩子，依戀著她甜蜜地笑：「你真的是很棒很棒的媽咪唷！」

日子過著過著，怎麼就和我們想像的都不一樣了？什麼時候，兩個孩子都不再覺得自己是很棒的媽咪了？

堂姐勸過她，她確實是個很好的媽媽，但要克制對孩子過度分析的傾向，不要干預子女的選擇，盡量讓生活單純化，想盡辦法避開自己創造出來的複雜問題，努力降低自己想要對周遭的人橫加干預的習慣。如果能讓自己所愛的人自行解決問題，他們之間的人際互動，就能獲得相當大的改善。她聽著也覺得很有道理，只是知易行難，阿林有時到台北開會，父女倆在學校附近相約吃個飯、聊聊天，她會焦慮地關心起孩子現況，要求阿林複述見面時聊什麼？他只聳聳肩：「就那樣。」

「就那樣？」懿娟很震驚，緊接在震驚後的沉寂，像無邊的深冬。豐收女神狄蜜特，本來只想帶給人間生機和正義，沒想到冥王黑帝斯搶走她心愛的女兒春神普西芬尼，她遍尋不及，只沉入無邊無際的霜凍，等著不知道什麼時候回來的女兒，才能將她融化。懿娟就像狄蜜特，只可惜，她身邊所有的人都無法理解這樣深沉的悲傷，日子一天一天繼續，她只能嘆了口氣：「人生一路走來，也就這樣了，一點也不玄祕。」

這就是為什麼，她這樣眷戀著那兩小幅〈月光海〉的素描，簡單的黑白，像魔術一樣，一遍又一遍把遙遠的青春微光，送回心口。阿璞上了高中，不再需要接送，她反而更依賴「誓言畫室」，開始學起素描打發時間。紫燕發起「小說拾光寫作會」，像春天乍現，重新為懿娟塗抹出狄蜜特的熱烈豐饒。她垂下眼，看了看手上的簡表，不斷猜測著每個人的個性和生活，像找到一線又一線光亮，急切開展出嶄新的探索：「你猜，這個阿靜，是男是女？計畫寫童話，應該不可能是男的吧？」

「如果阿靜是女的，不就表示只有小羅、林承安和葉以煌是男的嗎？」沒等到紫燕回答，她已經興奮地拍了拍桌子：「嘿，三男七女。不就和《十日談》一模一樣嗎？好浪漫啊！」

紫燕沒看過《十日談》，一時接不上話。在回擲邀請函前，她買了書，認真翻了翻，才驚奇地對懿娟抗議：「哪裡像？《十日談》很色耶！」

「才不是色，那是在墮落邊緣的深沉思索。」難得在懿娟生活裡，多了件值得「專注研究」的大事，覆蓋住女兒離家後的茫然和失落。她拿起筆，熱情地畫關係圖，神采飛揚地向紫燕介紹起七百年前的文藝復興。繁華的佛羅倫斯發生瘟疫，黑死病敲響喪鐘，整個歐洲相互牽連，多達一千萬人或病或死，義大利作家薄伽丘就以這次瘟疫為背景，寫下《十日談》，讓七位女性和三位男性在佛羅倫斯郊外山上的園林別墅裡躲避瘟疫。當死亡成為無所不在的夜暗，故事，成為我們和黑暗角力的星光，每個人輪流在每一天講一個故事，取材於歷史事件、宮廷傳聞、街談巷議，義大利古羅馬時期的典籍傳說、法國中世紀寓言，還有東方民間故事，熔鑄古典文學和民間文學的特點，兼容並蓄，最後蒐集了一百個寫實主義短篇故事。

「全書除了描寫現實生活，稱揚愛情、智慧和商人的才幹之外，你所看到的很『色』，就是對當時帝王、貴族、教會黑暗面的揭露和諷刺，意義深邃，絕不像表面那麼單純。」懿娟很感慨，這世界，要是想說真話，一定得禁得起打擊和抹黑。這些故事，讓薄伽丘深受權貴勢力的咒罵，幸而他的好友是有名的詩人佩脫拉克，努力促成《十日談》的保存和流傳，開啟歐洲短篇小說的藝術形式之先河，形成無數模仿作品，還有人把這本書視為《人曲》，和但丁的《神曲》相提並論。好不容易完成這一大段「歷史報告」，她喝了口水，握起紫燕的手說：「到我們這種年紀，孩子不再需要我們了，一天又一天的日子過得重複而疲倦，這不就像是黑死病？我們都不可避免地活在瘟疫中。幸好你找到了故事，讓我們還可以找出希望，好好撐下去。謝謝你！第一次小說拾光的活動現場，記得交給我布置唷！」

她從心愛的各個名店中，精心挑選出檸檬糖霜小蛋糕、預藏幸運錢幣的國王派，還有台東知名的寶桑芋圓、陳記麻糬、海邊蔥油餅和東河包子，有鹹的、有甜的，外帶回來後放進大型的巧雕原木盤，再搭上能夠調整甜度的玻璃杯聖代和各色氣泡水，還特意網購充滿文青味的植物盆栽書擋，直接寄到畫室，把紫燕原來擺在書架上的各種小說創作與討論的專書，放進別出心裁的書擋小盆栽間，書和植物完美結合，期盼所有小說點子像種子抽芽，在綠意盎然間，等著竄長成小森林。小說拾光，成為消耗她無窮精力的新玩具。就在她鋪排桌面時，曉慧提著一袋書進來，不好意思地問：「會不會到得太早？我住山線，路程較遠，只能提早出發，沒想到，到得這麼早。」

「不會，不會！快過來，先喝點水。」懿娟遞了杯珊瑚紅氣泡水給她，笑彎了眼；紫燕也笑，笑懿娟微微上揚的嘴角，看起來洋溢著文藝復興的貴族氣。曉慧坐下，打開袋子，擺好一疊書後，拿起一本客氣地介紹：「這是大師名作版的《異鄉客》，其實早已絕版，書店賣得慢，當時又進得多，才有存書，難得在我們這裡有這種活動，就帶來當團隊成員的禮物。馬奎斯的文字，帶著點充滿才智和巧思的亮光，很適合當寫小說的教科書，無論是主題選材、人物塑造，或者是對話和過場設計，很能擦亮我們不一樣的想法。我在想，是不是活動前，可以先讓大家翻一翻？在小說起步時很好用喔！啊，不好意思，我多嘴了，不知道今天原來打算怎麼進行？會不會有影響呢？」

「不會，不會。只是，多不好意思呢！別送，自我教育，本來就值得投資，等一下大家來攤費用。」懿娟很開心，有了熱情的參與者，讓她對寫小說這種「新玩具」，更興起狂熱的參與感。紫燕聽得一愣一愣，簡直像回到過去那樣，專心聽董嚴「上課」，從內心忐忑中升起一股安全感，以前阿世常形容她這叫「無腦的安心」，她不知道如何表達感謝，只熱情地抓住她：「太棒啦！你說的話，太重要了，等一下得對大家再說一次。我還一直擔心著團隊該怎麼進行？總不能像教兒童畫畫一樣，一聲令下，大家就開始埋頭寫作業。現在可好啦！懿娟不是說這個寫作會和《十日談》很像嗎？你先介紹你的瘟疫故事，接著由曉慧教我們馬奎斯和創作的關係。」

「你哩？」懿娟白了紫燕一眼，心知肚明，這女人真厲害，能推的事就推，能不做事就放空，這到底是笨還是聰明呢？難怪阿世那麼能幹，從小失去爸爸，從中國遷回台灣，又有太多問題需要適應，說不定也藏著很多悲傷、壓抑，只是無腦的生活被老媽搶走「優先權」啦！只能努力快樂地撐著，要不然，這個家就要毀了啊！紫燕完全沒有意識到懿娟還有這麼多內心戲，只滿足地笑：「哎呀，天公疼好人啦！就是剛好派你們這些光，讓我拾光。哈哈！我最近看了很多小說討論，都說真實的人生比小說還曲折，活動還沒開始，已經先曲折了。」

屋子裡揚起嘻嘻哈哈說笑的女聲，同時抵達的小羅和葉以煌，只能遠遠站著。三個人面面相覷，有點小擔心。現在的讀書會，大半以女性為主，好像讀書都變成「閨密友誼會」的專利型式。沒想到小說寫作會竟然有男性角色參與，小羅很開心，站在院子裡抓住葉以煌，自來熟地聊起天來。

林承安到得稍晚，眼看屋子裡只有女性，也跟著客氣地站在差不多年紀的小羅身邊。小羅的話題很有趣，聽著聽著，他就拋開心理諮商執業時「保持距離」的職業慣性，跟著一個又一個熱鬧的生活小故事，好像也認識了小羅嚴謹而負責的鄰長父親，以及守著小雜貨店的母親。他們住在屏東，家人偏寵這個貼心又愛耍寶的孩子，任著他從小到大耍叛逆，高中以前，換了好多個學校，直到在職校遇見電腦語言，從此「一見鍾情」，沉迷程式設計，以讓人意外的「超水準演出」考進成大電機系，家人高興得大放鞭炮，陪著他興高采烈地準備各種耗材，讓他在寒暑假到台東偏鄉教孩子們玩機器人，小羅開心地說：「我不會寫小說，但是我要來學講故事。故事，是最迷人的未來！每一個孩子都可以透過機器人、程式設計、3D列印，表現出更多更有趣的故事。」

「哇，講得真好！」葉以煌點頭贊同，非常欣賞這個超級熱情的小朋友。小羅摸摸頭，不好意思地說：「我女朋友說的啦！她很厲害喔，以前是我們成大的學生會會長。」

林承安的腦子，幾乎是不經思索就開始分析，小羅是個絕對奉獻者，有副不惜一切代價的熱心腸，這種人為了表現對社會、藝術、思想或宗教的支持，就算流盡最後一滴血也在所不惜，雖然不會把金錢擺在第一位，但很懂得品味生活，享受能帶來歡樂的一切物質，或許也因為他們並不汲汲於財富，所以在追求理想的過程中，常能吸引住不同背景不同個性的人，讓自己得到意外驚喜的禮物和收穫。他轉頭看看葉以煌，拉出「PAC理論」，典型的Parent，接納天真的小羅如Child般的熱情傾訴，除非有新的因素攪動了他們的互動模式，比如讓他跳進討論，拉回均衡對等的分析，否則，這兩個在一起，受到慣性牽引，很難回到Adult的理性狀態。

就在林承安不斷腦力運作同時，先後抵達的阿靜和あきよし，多多少少都會注意到站在院子裡高談闊論的三位「門神」。瞥了幾眼，沒有多說什麼，安安靜靜進屋去，直到何愛琳出現，不動聲色地微蹙了眉，淡淡問：「時間到了，怎麼還不進去？研習時間只有兩個小時，我們應該要準時開始。」

「權威人格，應該是老師。」林承安的理性腦子，習慣性地自動上工；不受控制的心，卻感性地漏跳了好幾拍，腦子裡「轟！」地炸開，這聲音好熟啊！是學姐，可是，怎麼可能會是學姐？一時，什麼理性運作都消失了，只呆呆看著從身邊走過去的背影，暗灰色的粗毛線長洋裝，粉紅圍巾，不算年輕，但也看不出年紀。他忍不住在虛空中，沿著她的背影，隨手勾勒出一個淺灰藍的馬卡龍，點上粉色翻糖小花，葉以煌溫柔地笑起來：「你是個畫家？」

「啊，不是，我在畫翻糖小花馬卡龍。」林承安笑指著那襲飄著粉色圍巾的暗灰長洋裝：「瞧，那灰洋裝，很像我們醫院在季節交替時，因應憂鬱症的好發周期，特別舉辦的烘焙活動。用杏仁糖粉和竹炭粉調出大理石般的灰色調馬卡龍，代表沮喪和壓抑的灰色心情；內餡再混入玫瑰、芒果、覆盆子這類鮮豔色彩，表示即使深受抑鬱所苦，總有希望走出陰霾，感受生命的喜悅。哈，很像那條粉紅圍巾吧？那是援用發源於倫敦『沮喪蛋糕坊』的慈善企畫，你聽過嗎？就是 Depressed Cake Shop，有一些病人手很巧，還會裝飾出各種翻糖小花，很漂亮。」

他忽然意識到憂鬱症不是正常的社交話題，趕緊解釋：「我小時候喜歡吃甜點，長大了，在無聊的醫療筆記裡塗鴉，塗著塗著，竟然都是各種各樣吃過或沒吃過的甜食，就這樣養成習慣，一發現難纏的事或有趣的事，都畫成各種甜點簡圖來幫助記憶。認真說起來，畫不好，也寫不好，純粹吃吃喝喝打發時間。」

「我們都一樣啦！」小羅的聲音裡總是帶著陽光：「就是什麼都做得不夠好，這世間才有這麼多美好的事值得學習啊！」

林承安接不上話，意外發現，自己怎麼忽然變得這麼多話？從小在權威世家長大，到了職場，適應著權威模式，明明這麼排斥日常權威和固定模式，聽到這麼像學姐的聲音，還是覺得很溫暖。像密封的瓶子陡然拔開瓶塞，瓶中精靈突襲，以一種措手不及的聲勢，在他身上槌擊出畢業後從來不曾出現的裂隙，那聲音，就這樣竄進他的身體裡，在權威生冷中滋長出一種羞怯的呼喚，好像在冰冷的機械人型外殼中，讓他聽見，那深深的內裡藏著一個怯生生的小女孩。

怎麼會這樣呢？他愣愣看著亮著一盞燈的門下長廊。屋子裡人影掩映。穿過那扇門，這些人和那些人，通過這一夜的光影幽微，大家會在一起看見什麼呢？

我們

「謝謝大家，因為各種不同的理由，從每一個不同的角落，聚集在這裡。」對著終於見了面的「小說拾光」參與成員，好像在作夢。故事，就要開始了！習慣獨來獨往的紫燕，不太會在團體中周旋，站在廳中，勉強開場後不自覺吞了口水，舔舔唇，聳了聳肩，忽然又不知所以地笑了起來。這一笑，眼角湧出魚尾紋，滄桑中帶著點天真，沖淡了洋溢在空氣裡的陌生和尷尬，接著望向懿娟，用嘴形無聲發出「十日談」，督促她接下引言。

懿娟雖然在不經意間常流露出自以為很「高級」的劣根性，但也不至於這麼白目，在最需要放鬆的初見時刻，用遙不可及的《十日談》，假裝自己很文青。她圓熟地站起身，帶著點醫生世家大小姐那種「お嬢さん」的氣質，對大夥笑了笑：「真好！大家都來了。希望我們聚在這裡，好好運用這一年，大家都可以完成很棒的作品，無論是小說，還是我們自己的生活，最重要的，我們必須互相依靠，相互成全，這才是最美的故事。」

「眼前就有個最美的故事，可以和大家分享。」懿娟轉向刻意被她安排在核心座位的曉慧，向大家介紹：「這是曉慧，家裡開書店。第一次聚會，就為大家準備了馬奎斯的《異鄉客》，真的是我們不曾設想過的幸福！對陌生人的溫度，就是在這個團隊完成故事前，最美的起點。」

這個常年坐在結帳角落的女孩，成為大家視野的中心，倒也不顯窘促。也許是因為看遍來來往往各不相同的人群，對「出名」或「出糗」，不像一般人那麼在意，只把書發給大家，請大家翻到目錄，循序介紹書中十二則短篇，像相機拍下停格畫面，領著大家跨進她心愛的書裡。翻著書頁的聲音，有一種熟悉的重複，好像還聞得到在書店中辦活動的味道，讓她找到足夠的勇氣。這本書，她實在讀得太熟了，安心地介紹著每個故事，凸顯幾個過場轉折上重要的意象，提醒大家注意一段又一段精彩的對話，說明如何藉著對話和動作，揭露角色個性，同時推動了情節發展，最後特別強調：「小說，有時候比真實更真實。這些拉丁美洲人離鄉背井到了歐陸，無論是情感與地理，都在水土不服中慢慢隱去真實人生；日子過久了，恍如幻影，虛擬想像取代了現實回憶，看不出究竟是懷舊還是幻滅？荒謬，但又浮沉於記憶汪洋，漂浮得越久，越以為確實發生，讓小說的迷離隨著時空遠逸，緩緩代入我們自己的生活情境，越讀越像真實人間的倒影。」

あきよし拍起手來，大家轉頭一看，這女孩很年輕，帶著點什麼都不在乎的瀟灑。閃耀著夜藍光澤的眼影，在上睫毛邊緣畫出線條，也把眼影點綴在下睫毛，形成有輕透感的深邃眼眸，讓又大又亮的眼睛形成一種讓人想要靠近、卻又帶著點忐忑的小距離，神祕中透著說不出來的吸引力，不覺得有隔閡，反而很容易對著她放下戒心。她好像非常習慣群眾的注意，又精於拉開距離，晃了晃手中的湖藍氣泡水，輕輕聳聳肩：「很棒的飲料，很棒的書，很棒的陌生人。」

「Tadaman——」最後，她用一種慢悠悠的調子發出吁嘆。就在大家你看看我、我看看你，不知道她在說什麼時，葉以煌微微一笑，淡淡接：「wonderful，素晴らしい！果然是一個很棒的團隊。」

「你聽得懂阿美族語？」看著あきよし眼睛亮了起來，他覺得自己的心情也被照亮：「一點點。有時候，幫幼稚園孩子們唱的歌編曲，會聽到一些阿美族、排灣族的歌聲，很好聽。我替這些純美的歌聲配交響樂，分離音軌後混音後製，透過音響播出，讓他們一早上學時，就能在古典音樂的薰陶中，聽見自己的歌聲，迎接一整天的好心情。」

哇，好神奇啊！簡單的兒童唱謠，怎麼會變成交響樂呢？畢竟不是專業的寫作團體，大家一下子就跑題了，全都圍著他問東問西，充滿好奇。忽然被所有的注意力包圍起來，他有點窘促，不好意思地抿了抿唇，推了下眼鏡；再打開隨身筆電，點出「Sibelius」，向大家解說，這是世界上功能最強、效果最好的製譜軟體，來自芬蘭音樂巨匠西貝流士的故鄉；最後像老師上課般，盡可能挑最簡單的語句，協助大家認識現在編曲軟體的使用方法，一邊點選音符、一邊精簡舉例。

大家都稀奇地吁嘆著，似懂非懂地跟著解說，想像一個原來無從想像的世界。像觀賞魔術表演般，盯著電腦，看他在新打開的檔案裡，選好所需樂器，就可以製作出創作者所需的總譜；接著在螢幕中的五線譜上，點下所需音符，上方工具列按鍵，可以自由改變音符長度、高低、升降記號，也可以變化調性、拍號、樂器，就像在使用 word 上方的功能表一樣。

「每一首歌寫好後，讓電腦 midi 自動演奏，編曲者可以檢查，是不是有錯音？是不是寫錯拍或漏寫？和自己原來想像的聲響一樣嗎？還是需要再調整？」他試著做了個短曲，示範給大家看：「最後，記得列印存檔，可以選擇印出樂團總譜還是樂器分譜，也可以直接調整每一小節的寬窄，增進樂譜美觀。」

整段「音樂教學」，他都講得很慢，尤其在說明編曲注意事項時，不斷舉例讓大家了解，如何選擇適合的樂器，讓樂器各自的特色與特性表現出來。大致而言，弦樂器相合，創造出整體音樂的質感；管樂則為質感增加音色變化；打擊樂器加強韻律感；每一個音符填入時，都要考量到和聲的規則和樂器的融合，像長笛和單簧管一起演奏相同旋律時，可以製造出分別演奏做不到的音色，最後還要控制樂器聲響的平衡，比如說由小提琴演奏主旋律、小號伴奏的結果，可能就會讓「賓主」不平衡，但不平衡也可創造出新鮮感。

雖然每個人都聽得很認真，還是覺得「腦力」不大夠用，拚命想聽清楚其中的「玄機」，卻聽得一頭霧水。只有每天抱著電腦的小羅，開心地追問更多細節，感覺自己可以和音樂家配合，到偏鄉做更多更有價值的推廣。光這麼想就好興奮，急著丟出更多問題，葉以煌比小羅圓熟多了，知道不能跑題太遠，拖宕了團隊既有方向的進行，簡短地做了結論：「就這樣吧！你要想了解這些配樂軟體，改天到我工作室來看看。」

「說定了喔！哪一天？」這個陽光男孩還是追著他。他只好拍拍小羅，清楚表示別再繼續這個話題了。這時，門忽然推開，一張尖尖的臉閃了進來，短短的髮，搭上復古大墨鏡，穿著 skinny 刷破牛仔褲，最亮眼的是披在身上的八〇年代短版丹寧夾克，奢華刷毛、復古水洗的懷舊時尚，鉚釘加工、抽鬚不收邊，交錯著星形鉚釘與圓鑽，勾勒出胸前與肩線車縫的輪廓，混雜著輕奢復古與街頭氣息，透過毛呢和人造皮草的結合，在溫暖中豐盈著清新的搖滾味。她側甩著小方包的線形，連向厚重的馬丁靴，像影劇圈裡的小模直接從青春雜誌裡走出來，讓大家都看呆了。一會兒，紫燕意識到可能是想到畫室畫畫的年輕孩子，才急著解釋：「嗯，畫室今天沒課，我們正在做小說討論。」

「小說拾光。不是嗎？我寄了小說計畫的。」她張著大大的眼睛，好像完全不知道自己遲到，只無辜地眨了眨長睫毛：「而且我有收到活動通知。」

「啊，小珍，想要寫一把名琴故事那個。對吧？」懿娟腦子裡浮起紫燕勾勒出來的那張成員素描，一把充滿人形曲線的小提琴。大家這才意識到，期待已久的聚會忽然展開，屋子裡一下子擠了很多人，沒人注意到還少一個人。她想起特別為大家影印好的成員簡介，重重拍了下額頭，瞧，自己傻哩，光忙著佈置吃的、喝的，竟忘了發給大家。懿娟起身抓出講義，發給每一個人，讓大家在不同的臉模中對上名字，把截至目前為止自由發展的「線頭」，全部拉回來：「好啦，人到齊了，大家自我介紹，相互認識一下。就我先吧！我叫懿娟，喜歡台東、喜歡月光、喜歡海，想趁這個小說會，寫一篇〈月光海〉，撿回青春嚮往。」

「這是發起人紫燕。」她推了下紫燕。紫燕顯然也鬆了口氣：「呼，總算上軌道了。我是誓言畫室的負責人，以前做美髮，以後想要寫小說，這麼大的改變，不可思議吧？這陣子，看了滿肚子小說理論，回想以前住過的法國、德國和上海，加上做頭髮的過程，聽了好多悲歡離合的故事，我先生喜歡針對社會問題發表意見，我在想啊！說不定我也可以寫個社會小說。」

她的生活起伏有點離奇，很能引起好奇，看起來大家都還有很多問題想問，她卻緊張得把話說得斷斷續續，沒什麼信心，忍不住看向曉慧，無聲求援。曉慧不算多話，長得又瘦，卻像極了董嚴畫的大樹，讓人感受到深植在泥土裡的安心。她抓起手邊的《異鄉客》向大家揮了揮，輕鬆笑了起來：「大家應該都認識我了！我在伯朗大道上開書店，喜歡看故事、說故事，現在還想寫個書店故事。」

「我最喜歡聽故事。」あきよし眼底流露出難得的溫暖：「五歲那年，我被狠打，逃家時認識陳爸，跟著他聽故事、唱歌、彈吉他。後來，小米書屋成立了，我跟著陳爸認真讀了幾年書，最後還是輟學了。先到居酒屋打工，跟著朋友自助旅行，跑了幾個國家，有機會聽到好聽的故事，總忍不住拍拍手，陳爸常跟我們說，記得多鼓掌！感謝所有人對我們的付出。」

「原來，你是來自小米書屋的孩子。」大家覺得很新奇，仿如靠近耳語傳奇。陳爸從一把「課後吉他」開始，十六年來，陪伴著上千名孩子，用運動挑戰身心、用音樂建立自信，還深入部落，從孩子擴及到家長，成立「農班」與「工班」，協助大家打造自己的菜園與書屋，總共在十七個部落和社區，營造出溫暖的書聚落，讓孩子們看見希望，自由自在地玩樂團、到科技公司上班、創業開店……。後來，這些長大了的孩子回到書屋，各自貢獻出能力，像一本書翻到最後，所有輝煌過、滄桑過的故事，到了這裡，全都安定成一個溫暖的句點。曉慧有時會整理一些書，送到小米書屋，忍不住關心起那位心力勞瘁的大家長：「陳爸身體好嗎？」

「嗯，他活得很有勁呢！」あきよし點點頭：「最近，我正回去教孩子們做手工餅乾，幾十個人擠在大院子，好熱鬧。我在想啊！要為這些孩子們寫一篇修仙小說，讓大家一起畫插圖，寫文案，可以用來包裝餅乾，學會相信和付出，無論面對任何痛苦、災難，都別擔心，只要人和人之間可以相互依靠，就可以一關又一關，不斷克服困難，一直向前走去。我想讓他們知道，這世界好多有趣又有滋味的事啊！像設立小說寫作班，在樓下開書店，把幼稚園孩子的歌聲編進古典樂，真的有好多好棒的人！」

あきよし看著葉以煌，彷彿在他身上，找到陳爸的影子。那時，她像被野狼追逐著的迷路小兔，在外面流浪了兩三天，人很累，肚子很餓，但又不敢停下來，怕被爸爸找到。遠遠地，聽到有人在唱歌，像天上的星星亮著微光，明明早就走不動的腳，不知道哪裡來的力氣，竟然讓她撐到環繞著歌聲和笑語的那個院子，她靠在牆邊，聽著聽著，身體湧上一種暖意，溫柔地搖晃著、搖晃著，好想就這樣睡了過去，永遠不必再醒來，這樣，就聽不見媽媽的尖叫，不必怕忽然被拎起來毒打，也不需要去求鄰居叔叔伯伯阿姨給一點東西吃，只要一直睡一直睡，暖暖的，穩穩的，永遠不必醒過來……

當她睜開眼，看到一雙男人的眼睛，本能又緊閉上眼，整個人縮了起來，以為會受一頓打。隔了好久，她小心把眼睛拉開一小縫，看了看眼前，男人身邊冒出兩顆小小的人頭，有一個比她還小的孩子問：「爸爸，她為什麼又閉上眼睛？這是新遊戲嗎？可不可以教我玩？」

「嗯，等一下再教你玩，我們先去吃點東西。」他溫柔地抱起這個縮成一團的小女孩，身邊的孩子還是拉著他的褲腳鬧：「不要，我都吃飽了，我想先玩。」

陳媽在廚房爆香，濃濃的香氣，安定了她的恐懼。她的眼睛，不再驚惶地東轉西轉，吞了吞口水，聽著肚子裡咕嚕咕嚕的聲音，像一種信號，說服著她、安慰著她，反覆保證，世界上真的有人願意，只為她一個人，煮一鍋麵。她一直吃一直吃一直吃，吃到第四碗的時候，整個肚腹翻滾著，一點點時間都不容她反悔，瞬間把剛吃下去的東西都吐了出來。她驚惶地看著一地髒亂，陳媽紅著眼睛，心疼地抱了抱她，陳爸讓她別怕，慢慢吃，想吃還有。那是她第一次發現，有一種很棒的滋味，叫做「安全」，多年後無論她走到多遠、飛了多久，始終不曾忘卻的滋味。

葉以煌看著あきよし，不知道她的故事，只看到藏在她滄桑的眼神裡仍然堅持在燃燒著的一點點火焰，像他在部落裡看見的每一個孩子，在遙遠荒寒的冰涼國度，認真活下來的最後一點點依據。他看了看她重新藏進藍黑眼影後的蕭索，想著這孩子多大？二十？應該不只，她身上充滿流浪過的疲倦，二十五吧？還是三十？他胡思亂想了一陣，才發現所有人在等著他的回應，有點尷尬地扶了半邊額頭：「我啊！想幫幾個喜歡的曲子，寫一些小故事。」

「那太棒了，還可以配上簡單的歌詞做小遊戲。我們可以一起到偏鄉學校去推廣。」小羅超級開心，總覺得他們相遇是命中註定，興奮地接下話：「我想把程式組件擬人化，用小故事搭配軟體設計，讓孩子們在故事中學習，應該很好玩！對吧？」

他轉頭向林承安徵求支持，三個男性角色坐在一起，應該團結成「History」聯盟，要不然，現代的學習團體，全都變成「Her story」了。大家等著林承安自我介紹，沒想到，他轉向何愛琳，做了個「你先請」的手勢。初相見，想引起她注意，實在有點孩子氣，他傻傻地笑了起來，何愛琳不知道他在笑什麼，微皺了眉淡淡說：「我是歷史老師。看到小說寫作會公告，覺得很難得，想試試除了批改孩子們的歷史作業，自己能不能透過書寫，對歷史提出自己的詮釋。」

她的語言敘述，簡短而冰冷，林承安來不及拆解、分析，很快被熟悉的音質淹沒。真的是學姐的聲音！他輕輕顫抖，那些不想回顧、卻從來不曾淡忘的記憶，揭開封印，倒捲過來，幾乎把理智淹沒。他深吸一口氣，長長、長長的，像用力把空氣打進缺氧的大腦，再慢慢、慢慢地吐出來，仿如在一個呼吸聲息裡，裝進了數百年的翻覆，又不得不小心翼翼地傾倒出來。

他忍不住苦笑，學姐如果看到這樣的自己，應該會搖搖頭，說自己太感性，選擇心理學，完全不及格了吧？

「感性是大忌！」他腦子裡的警鐘開始響起。回想剛上大學時，學姐說，醫學系的心理學，著重臨床病象與施藥討論，心理系的心理學，更重視學理思索和人性辯證。理性的探索、感性的歸納，在感性中找答案，在理性中提疑問，最後更要懂得卸下感性，用理性拆解日常生活，讓自己安定下來，再平穩地面對分析對象，走這條路，一定要理性，太感性很難走得長久。

可是啊！人生的路，無論是誰把話說在前面，沒有親自走過，我們都不算聽懂。高中剛畢業選填志願時，指導老師反覆強調，心理師的培育歷程非常嚴苛，培育時間與專業要求也極具挑戰，系上的入學考試成績門檻，比一些私立醫科還要高。取得心理學碩士學位後主修臨床，還要具備一年以上實習經驗，才能參加並不好考的心理師檢定，這才符合心理師法的規範。真的考上了，社會也不會對這樣的職業，給予相對的重視與尊重，同樣都是「師」，心理師不具有醫師的薪資水準，卻得處處配合醫師，醫師最想做的事就是開藥，所以心理師的角色就是幫忙做測驗，以及簡單的心理晤談，讓醫師下判斷要用哪種藥物。

「心理系念畢業很簡單，但是，要將自己和未來安頓好才困難。」剛當上心理系的新鮮人，來不及揮霍青春，就有很多教授不經意透露出對學生的擔心。簡單的說，這個系就是「成本很高、待遇很差，CP值超低」。當同學們越來越了解心理學的限制後，有些人讀得意興闌珊，有人休學，有人轉系，不轉系的人就專心致志拚課業、拚證照。

他不願意胡思亂想，只循著學姐的引領，進入她負責的讀書會，像航太團隊堅決射向荒蕪茫然的太空，在一片闃黯中，仰望學姐。學姐很厲害，畢業後留美，取得碩士學位和證照，回國開設了前所未見的「好心晴小樓」，用暖暖的黃、淺淺的藍，打造出舒適、放鬆的心情小閣樓，協助脆弱徬徨的人，一起面對壓力免疫與紓解，提供焦慮、憂鬱、情緒困擾、兒童心理、親子關係、家庭問題等各種心理諮詢，以及在學業、職業適應的討論和策略應對。

讀書會人不多，大家都很親密，學姐總是極具信心地用最簡短又最冰冷的聲音，領著大家，進入神祕的心理探索。他們最喜歡待在兒童諮商室開讀書會，淺藍的地毯上，堆著大大小小的鯨魚絨偶，寶藍、灰黑、檸檬黃、螢光紫……，天花板垂吊下來的暖黃燈飾，也是一隻又一隻大大小小的水晶鯨魚，紗白的窗簾在冷氣和吊扇的浮盪下輕輕飄動，像靜日午後的海浪，聽學姐如海神般的莊嚴垂勉：「對需要的人伸出援手，是人類最基本的能力與天性，很多人都有這樣的助人傾向。但是，幫助他人，是不是只有一種管道？選了這條路，是不是一定得當心理師？還是得累積更多的自我探索和理解，才能判斷和決定。」

這麼聰明、這麼能幹，這麼理性又這麼溫暖的學姐，怎麼會用這麼粗糙倉促的姿態離開呢？林承安蜷起拳頭，靠指背用力揉開眉間，壓下突然翻嘔的一陣頭痛。多久沒想起過學姐了？想念，是一陣毒煙，猝不及防，讓人幾欲崩裂。他甩了甩頭，打起精神笑：「我們剛在院子裡聊過，從小到大，我喜歡吃，養成藉由層層堆疊的甜點簡圖，深化記憶的圖像思維。想試試用極短篇搭各種蛋糕、美食來解說十二星座。星座啊！蛋糕、甜點什麼的，算是新生代生活時尚，這些年越來越夯，很適合轉為心理適應的對話平台。」

「星座啊！」、「好棒，寫蛋糕呢！」女孩們吱吱喳喳大感興趣，小珍笑著說：「我是雙子座，兩個腦袋，該用什麼方式來表達呢？做棒棒糖好了，就用背靠背的兩把小提琴造型！第一小提琴的高位旋律，清亮地演奏出陽光嚮往；再接上第二小提琴的低位旋律，悠悠迴旋出幽離暗影，最好兩根棒棒糖有暗格相扣，看起來很酷！」

「你這麼喜歡小提琴啊？」紫燕想起那篇小提琴小說計畫，忍不住拿出講義，拗口地照著大綱上奇特的字母問：「什麼是 Giuseppe Lucci 1972 啊？」

「Giuseppe Lucci，朱塞佩．盧奇。義大利製琴師，二十歲開始做琴，四十歲後搬到羅馬，製琴生涯超過五十年。」小珍流暢地念出義大利文，她都聽母親唸了一輩子啦！忍不住揚起下巴，得意地炫耀：「這把一九七二年的小提琴，據說是世界唯一的隱藏版珍品，我媽最心愛的寶貝。她出生在一九七二那年。結婚前，兩個人到羅馬旅行，老爸特別為她打造的定情名琴。」

「很珍貴嗎？」大家對樂器不熟，只是聽起來很浪漫，像言情小說的氣氛，忍不住好奇一下。小珍開心地點點頭：「嗯，我查過幾個拍賣網站，Giuseppe Lucci 在七〇～

八〇年代之間製作的提琴，有一九七〇、一九七一年的，恰好沒有一九七二年的作品，目前檯面上只看得到一九七二年的大提琴，而從拍賣公開資料可看到的是，他的作品，這幾年平均都在美金三萬左右，目前已拍出的最高價格是美金四萬五。我老爸找到的一九七二，可以說是奇蹟！找不到拍賣記錄，不是珍貴，是超級超級超級珍貴喔！」

隨著敘述，小珍的臉越漲越紅，握緊雙拳，彎著拇指嘟進嘴裡，簡直就像站在拍賣現場，熱情擁抱著自己的名琴。媽媽不在，她就是想代替媽媽，把 Giuseppe Lucci 1972 不可替代的珍稀性和所有的人共享：「我想寫！小說，散文，小故事，什麼都可以，只要寫出我媽媽常說的，人的脆弱，愛的不可信任，萬事萬般到灰飛煙滅的時候，只剩一把琴、一首曲子，用聲音嗚咽著、踉蹌著，呼喊出全世界都身在其中又無從懂得的寂寞。」

屋子裡安安靜靜的，所有生活裡依循本能的平淡日常，被這二十歲的激情攪拌得轟轟響，無來由地震顫著。紫燕忽然想起，她那沒有經過整理的〈城隍髮判〉，是不是也因為塞進這樣不留餘地的亂七八糟，用青春的熾烈切開過熟的成人包裝，讓大家看見不可抗拒的生猛力量，所以才變成展示標本？

「想過要用哪一首曲子當作品主軸嗎？」葉以煌把大家從怔忪悵惘中拉回現實。小珍情緒暗了下來，看起來很難過，反而笑起來，青春的眼底湧出超齡的悲傷：「柴可夫斯基的〈冥想曲〉吧！哀傷的低語，好像愛情，什麼時候灰飛煙滅，全都來不及預告。不管我媽怎麼想，我爸還是搬走了。離婚後，他替我請了個小提琴名師，每周在他的辦公室上課一小時，下了課一起吃飯，說這叫『親子時間』。他總是強調，婚姻是兩個人的事，家庭卻是更大的生活圈，他沒有放棄我。問題是，這樣吃著吃著，因為忙，最後連吃飯儀式都省了，任何時候安靜下來，腦子裡都會浮出第一次在他辦公大樓裡學的〈冥想曲〉。」

「嗯，選得不錯。」葉以煌的聲音低沉而溫暖，很能撫平悲傷。他想起東京街頭的表參道，銀杏暖著金色，他跟在清子身後，想像著她抿著唇，端著好不容易收拾好的臉容，安安靜靜走著，寬闊的樹蔭邊，咖啡屋的露天展場，剛好在演奏柴可夫斯基這首〈冥想曲〉。緊扣著ＡＢＡ三段體的樂曲結構，Ａ段由樂句行進躊躇不前的鋼琴前奏慢慢開展，沉鬱的和聲，營造出感傷氛圍，小提琴加入後，樂句雖然延續了前奏的主題，卻一改欲言又止的性格，以述說不盡的漫漫口吻娓娓道出；慢慢地，Ａ段第二個主題變活潑，鋼琴聲如心思受到擾動，跳濺著，渴望完成什麼；直到進入Ｂ段後轉調，小提琴和鋼琴輪流演奏出快速音符，相互支持又彼此拉扯，最後在小提琴顫音將音樂帶向最激動的段落時，清子停下，無預警地落下淚，肩輕顫著，淚水浸漬著她的妝容，他加快腳步，並肩，牽起她的手，謝天謝地，她沒有拒絕，在他陪著她不知道多少年以後，終於，他牽到了她的手。

他一直不曾淡忘，那個瞬間、那一條路，他幾乎克制不住的震顫。他們牽著手，靜靜走著，一起聽著樂音回到Ａ段，從獨白後再度展開，與之前相同的旋律，搭上更為熱切的伴奏，讓樂曲變得更加纏綿，這是柴可夫斯基一生創作語法的縮影，也是他擁有這麼多「說不出卻又喧囂無比」的內心低語，千言萬語卻又無聲前行的縮影。幾十年都過了，他還是不大敢相信，清子最後會跟著他，回到台灣，無數次夜夢醒來，還是覺得自己好運氣。

他這一生，不曾抱怨過任何一個人或一件事，心裡深刻理解，日子平平淡淡，就是難得的幸福。他的際遇就像她的信念一樣，平淡得不得了，從小喜歡彈鋼琴，不曾參加過頂尖大賽；旅日時拚命學習，學成後終究沒取得正式教職；和大家一起躲在東京地下室翻讀《民主青年》，大家都好熱血，只有他小心翼翼地拿著筷子翻頁，深怕留下指紋。他不像大家那麼豁出去地活在不顧一切的熱情裡，總是小心提防著特務找碴，腦子裡不斷回想著小時候「偉大的領袖」出殯時，大家跪在路邊送行，他就是不懂，怎麼前後左右的同學都哭了？他因為哭不出來怕被嚴懲，同學們的哭聲越大聲，就嚇得越厲害，到最後竟然嚇哭了，那總算落下來的眼淚釋放了他，因為不再害怕，終於安心地大哭特哭起來。

現在回想起來有點丟臉，他就是這樣平凡的小人物。清子看不上他，他心裡當然明白。當年的獨立聯盟，人才輩出，為了建立自由、民主、平等、福祉、公義的共和國，大家拚了命奮鬥，總有一種「或許明天就不在了」的豪情在揮霍。清子的眼神，追逐著高高在上的阿哲，超越國籍，超越未來的夢想和期待，只一心一意渴望和他在一起，阿哲的理想就是她唯一的信仰，她願意陪著他，把青春氣血都拋擲在輝煌的革命裡。

隨著台灣赴美留學的學生越來越多，加上聯合國總部設在紐約，從日本發展出來的青年組織，擴大成世界性聯盟，總部遷往紐約，繼而分裂成暴力和和平路線。一直往來於東京、台北兩地為大家傳遞消息的清子，看著聯盟的爭議風起雲湧，美國的刺殺、法國的割喉、台灣的郵包炸彈……，心裡清楚知道，恐怖攻擊不是她選擇的未來，但是，愛是她的唯一，她生命中最重要的意義，就是和阿哲在一起，像靠不了站的列車已然啟動，他們只能在隱密任務中拚卻一切。

法國的意外衝突，爆發得很突然，消息傳來時，清子一直忐忑著，抱著一絲絲冀望，說不定他只是潛逃或負傷。半年後，確認摯愛死亡。她所有的力氣全都抽空，沒有人看得見她的悲傷，她只是安靜地退出聯盟，這些激烈的革命和辯爭，說到底，不是她的家國，再沒人牽繫著她，讓她甘心禍福與共。

職務交接後，她努力擠出一朵微笑，和大家告別。慢慢走在繁華的表參道，涼涼的風掃過銀杏葉子，翻飛著，飄零著，一片，一片，落在她的衣裙，銀杏樹還是暖暖的，天上人間，一片金黃，〈冥想曲〉像輓歌，一路相隨。

柴可夫斯基混亂的人生，寄託在優美哀傷的樂音裡，像她一樣，在茫然無依的碎片中勉力倖存。葉以煌一夜又一夜為她鋪綴音樂故事，讓她慢慢拼組出藏在〈冥想曲〉裡的悲傷和救贖。

從小浸漬在音樂幻想中的柴可夫斯基，有太多說不出口的摯愛瘋狂和迷惑糾結，致命的禁忌，隨時會將他淹沒。她就像女學生米露可娃（Antonina Miliukova），看不見任何未來的光亮，只是心甘情願，和他在一起；米露可娃以死要脅，非柴可夫斯基不嫁，如她願意以死做賭注，以外籍的方便裹上不同偽裝，為他穿梭在艱危的特務網遞送情報。柴可夫斯基以為婚姻可以成為出口，企圖找到一絲光亮，沒想到倉促結婚後很快又後悔，抑鬱到企圖自殺，最後還逃到聖彼得堡，夫妻從此應該相見卻再也不見，就像她這樣仰望著阿哲冀望相守，也只能寄託在遙不可及的島國獨立以後，直到爆炸的煙硝將他淹沒，也一起把她的希望和美麗都澆熄。

葉以煌告訴她，柴可夫斯基婚後第二年，為了對抗長期的精神耗弱，醫生建議他換個環境療養，梅克夫人在烏克蘭的布萊勒沃（Brailov）豪宅裡，為他準備了樂譜與樂器，環繞四地的美麗庭園和無邊森林，成為寧靜復原的慰藉。她忽然又變成梅克夫人，明明很想一見，卻只能以「終身不相見」為代價，資助他的夢想，想念他的溫暖，遊蕩在幾乎不曾真實的虛幻美好裡。

柴可夫斯基在離開布萊勒沃之前，寫了〈冥想曲〉，本來想當作小提琴 D 大調協奏曲的慢板樂章，覺得太過輕盈而作罷，改編成《對心愛地方的回憶》組曲，送給梅克夫人，包含〈冥想曲〉、〈詼諧曲〉和〈旋律〉。在東京，清子一遍又一遍聽著《對心愛地方的回憶》，平靜的臉容看不出表情。也許是因為她習慣了葉以煌的聲音，也許還有什麼他永遠不會知道的原因，他只需要知道，她願意跟著他，離開家國，遷到台東，這就夠了。

他們消耗在青春歲月裡的激昂熱切，全都拋遠了。日常顏色變得很淡，幾乎沒留下任何往昔遺痕，沒有過去，沒有親友，只剩下偶而響起的柴可夫斯基。

很多年很多年以後，島內的黨外運動，壯大成足以制衡一黨獨大的現代化民主雛形，政治環境轉型開放，獨立聯盟也突破黑名單限制，積極返台。當年戮力並肩的同志，輾轉聯絡上清子，她不願意再相見，淡淡說：「所有對心愛地方的念想，其實都不曾真實存在，只剩回憶而已。」

想到這裡，葉以煌輕輕哼起〈冥想曲〉開頭時小提琴初加入的低抑幽咽，那是小珍最熟悉的樂音。她抬起頭，亮亮的眼睛底，仿如星星跳動，剛好迎向葉以煌的微笑，他帶著鼓勵向她微微點了點頭：「我們的念想，到最後都只剩回憶。但是，能夠擁有這麼多回憶，還是很棒！」

「是啊！我要為媽媽寫出一段又一段溫暖的回憶。」小珍脆脆的聲音揚起豪情。躲在角落，一直沒有說過話的阿靜，很感動，忍不住出了聲：「真好！你媽媽好幸福啊！有這麼美麗的故事，還有這麼多溫暖的回憶。」

「你哩？這一整個晚上，你還沒說過話呢！」熱情的懿娟立刻追著她問。阿靜靦腆地垂下眼睛：「我……，也沒什麼好說的。我媽十年前中風，請了個看護，很貴，有時得靠親戚朋友幫忙。我哥在美國，稅賦高，還要養家，負擔很重，勉強撐到我大學畢業，就由我接手照顧。我一直沒找工作，只趁母親休息時接案翻譯，很少出門，我哥因為不能陪媽媽，特別注意台東消息，在網路上看到『小說拾光』公告，要求我一定要參加，他透過網路約了鐘點看護，兩個月一次，讓我轉換一下心情。」

「哇，怎麼有這麼好的哥哥？」懿娟揚了揚眉，一個勁兒好奇：「那你想寫什麼呢？怎麼沒看到你的小說計畫？」

「我不知道。」阿靜垂下頭，越說越小聲：「我本來就不想參加，不放心媽媽一個人在家。到最後，媽媽哭了，她說，她不想耽誤我。我來這裡，只是不想讓她傷心，怕她覺得自己在耽誤我，真沒想過該寫些什麼？」

「哇，怎麼有這麼好的媽媽呢？」大家又開始吁嘆起母親，接著又此起彼落地讚美：「怎麼有這麼好的女兒？」、「怎麼有這麼好的一家人呢？」

「剛聽到小珍的計畫，覺得這樣的媽媽，有真情，有故事，也夠幸福了。我爸過世得早，我媽早出晚歸，在市場賣菜，我哥申請到獎學金赴美，好不容易找到工作，剛要接她過去轉一轉，她就中風了。」阿靜的眼睛紅了起來，聲音轉細，幾乎變成呢喃：「怎麼可能呢？我媽這麼好的人，怎麼就分到這樣的人生？那時，她才五十歲耶！還有這麼多地方來不及去，這麼多話來不及說，這麼多人生來不及活，你們說，我該寫些什麼？」

大家你看看我、我看看你，一時接不出話。只有小珍恨恨說：「我媽不幸福，一點都不幸福！你知道我們為什麼要搬到台東？因為，我不想看到那些討厭的人、討厭的親戚！人人急著到醫院，不是探病，是要向我媽借車、借家裡的鑰匙。阿姨說，那些名牌衣服不先挑回去，以後只能叫『遺物』，穿起來毛毛的；舅舅說，大家不夠專業，不像他有所精研，那幾座水晶，他先搬走了。是啊，我媽快走了，大家就不能等一等嗎？」

「我為什麼想寫這把小提琴？因為，那是我媽剩下來的唯一啊！」小珍的尖聲，越嚷越大聲，嚷得滿臉都是淚，她抽著氣，大聲吼：「她說，都拿走吧！什麼都可以拿，只讓我留下那把小提琴。」

二十歲的孩子最任性，想說什麼就說什麼，大家你看看我、我看看你，凍結在冰冷的空氣裡。哭了一陣，小珍慢慢平靜，吸吸鼻子又放慢速度說：「Giuseppe Lucci 1972，以前都被我爸鎖在保險櫃。自從我媽病了，他就交給我，讓我天天拉琴給她聽。可是，我根本無心練琴，拉來拉去，就是首傷心的〈冥想曲〉，聽得我媽連連掉眼淚，我還拉得下去嗎？」

「我可以為你準備一些簡單的譜，溫暖的調子，可以讓心情安定。」不知道為什麼，葉以煌的聲音，讓她平靜下來。他笑了笑，輕輕摸著小珍的頭，為她解說：「〈冥想曲〉不只是帶來悲傷，只要拉琴的人，帶著溫柔的心，心裡存著點希望，就可以撫平悲傷。」

「這世界上，每一種幸福，都帶著別人看不到的悲傷。我女兒上大學以後，幾乎不再和我對話。」懿娟在這個熱鬧歡喜的夜裡，第一次染上暗色的情緒，她一指紫燕：「她兒子很暖心，卻遠在德國。」

「我沒有小孩，只能在每個幼稚園孩子們的歌聲裡，享受天倫。」葉以煌一說，小羅就很有默契地接：「我高中換了五個學校，好多人都說我不學好，幸好，讓我找到機器人，這才算找到真愛。」

「我和阿靜，沒什麼故事，珍惜平淡的生活，就是我們的幸福。」曉慧的聲音很乾淨，阿靜鬆了一口氣，忙不迭地點了點頭，她真不知道該如何安慰人。林承安和何愛琳都不喜歡揭露自己，表情保持著一貫的平靜。あきよし偏了頭看向窗外，她很小就在居酒屋打工，看遍喝了酒後剝下盔甲的各種不如意的人群，後來因緣際會，接了居酒屋獨立經營，習慣找好笑的話，在熟或不熟的人群裡，輕易攪拌著溫暖的空氣，從不曾在人前觸及自己的壓抑傷痛，一時無言以對，隔了半晌回過頭，剛好看到紫燕對她微笑：「你寫修仙小說，聽過蕭潛嗎？」

あきよし搖搖頭。紫燕從蕭潛的《飄邈之旅》講起，平凡的主角，在好友與情人的雙重背叛下，經歷一層又一層的煎熬考驗，從弱到強，從破碎到完整，從悲痛到平安，從修真、修神，又回到日常生活的安靜和圓滿。最後，她引用董嚴的話：「這就是《飄邈之旅》最動人的精神，一如白天上班、晚上寫書的作者，身邊沒人知道，他還有另外一個身分，他在寫小說。」

「多有趣啊！我們也是這樣呢！」あきよし笑了起來：「從明天開始，小說拾光寫作會裡的每一個人，還是如常工作。沒有人知道，我們多出了另外一個身分，寫小說，我們可以在安安靜靜的角落裡努力著。」

「我們要開始寫小說了！」懿娟打起精神，重新開心起來。這時，有一句話冷冷插了進來：「你們知道，怎麼開始寫小說嗎？」

大家一愣，心裡七上八下，一起轉過頭看，何愛琳說的話很冷，表情倒還是很平靜，只就事論事：「開始寫小說，最重要的就是這個『開始』。寫作業的人，最難的就是面對開頭，這個團隊，兩個月見一次面，下次相聚，一年就過了三分之一，我們必須調整自己的心態，把作業分成三等份，想一想自己在下一次繳作業時，可以完成到什麼程度？」

「比如，我計畫中的歷史小說背景，已經糾纏在我腦海中很久了，我可以寫定一萬字的序章。」她停了一下，真摯微笑，確認大家都能理解她的善意，偏低的聲線，藏著林承安熟悉的溫暖。他的心跳，猛然快了好幾拍，像回到青春時，他還是那個聽話的小學弟，想盡辦法在學姐面前賣乖，不知道為什麼，就是這種依戀，讓他想著各種方法跟上進度，他很快接：「下次見面前，我會規畫出和一般看到的十二星座圖騰迥然不同的意境，而後在接下來的聚會，依照風象、火象、水象、土象，每次都提出一組甜品故事。」

「我們很熟，會互相監督。」懿娟和紫燕相視一笑：「我看，我們也寫一萬字好了。」

「還是設定，寫個開頭就好。」何愛琳看慣了學生遲交作業的各種技倆，淡淡說：「一開始，不要幻想得太順利，每次完成作業，比預訂目標多一點，就能激起熱情，不斷延遲、拖稿、跟不上進度，很快就會失去學習的熱情和樂趣。」

「我先幫小珍找幾首溫暖的曲子，配上小故事。」葉以煌一說，小珍很快接：「嗯，我會好好練琴，並且寫一些爸爸和媽媽在羅馬的蜜月小故事，可以念給媽媽聽。」

「我可以完成仙境聖山，從遠古修仙的寧靜地景，對照現實繁雜的滄桑。」あきよし想起居酒屋入口那一大片璀璨鮮豔的石灰岩地形大圖輸出，仿如在此時此地，遇見一個剛剛好的開頭。曉慧被地景觸動，很快找到靈感：「我就以我的書店做背景，辦一場文字中的經典朗讀會，讓書中的角色初相見。」

「太棒了，我來找最適合中小學生組合設計的小程式，想一些小故事，讓軟體搭配更有趣。」小羅開了個「機器人程式基地」，小小的，但有一大面樂高積木牆，方便他設計角色，光這樣想就覺得很開心。阿靜咬了咬唇，知道所有人都提出預訂完成目標了，只剩下她，腦子空空地發著呆，不安地問：「我再想想，可不可以？還是，下次聚會，乾脆我就別來了？」

「那怎麼行？」大家此起彼落鬧嚷起來，懿娟最著急：「下次你一定得來！這次活動，有一些很棒的點心，我還來不及準備呀！」

曉慧笑了起來，唇角展開一朵讓人安心的微笑：「別怕，還有我們呢！」

心愛的地方

「小說拾光」寫作會的初相聚，以一種讓人驚喜的姿形開展，每個人都對接下來的創作新生活充滿期待。誰也沒想到，小說開頭竟然這麼煎熬。第二次聚會前，大家慌慌張張地趕作業，實在擠不出什麼內容，只帶著尷尬的笑容相對無言，差不多都繳了白卷。

原想跟著愛琳的計畫，認真寫出一萬字的紫燕，打開電腦，才發現萬般糾纏，不知從何下筆。年輕時那種什麼都不必多想，抓了筆，埋在稿紙裡瘋狂趕路、宛如發燒的著魔勁，隨著歲月，不知道飄散到哪裡去了？阿世幾次在視訊裡關心小說進度，讓她心煩極了，不斷發脾氣，說是他給了她太大壓力，搞得她都寫不出來。到最後，阿世嘆了口氣：「老媽啊！你們這就叫做『三動會』，參加聚會時很感動，離開時很激動，回家後動也不動。」

「那是四動，哪裡是三動？」紫燕不高興地啐了句。阿世從善如流：「啊，我認錯，是兩動，因為動也不動不算動。」

「阿世這死囝仔，只懂得潑我冷水。」紫燕向懿娟抱怨，陷入深深的苦惱：「怎麼辦？作家不是都從自己的記憶裡找材料嗎？我一回想啊！五十幾年的時光亂糟糟的，而且還真的好漫長啊！一年、一年往回想，材料太多了，想要寫社會觀察小說，會不會超過我的能力？想學董嚴對所有的人事物加以分析、整理，對我來說，是不是太難了？」

「這和議題難不難沒關係。我不是只想寫個簡單的〈月光海〉，找回和阿林剛搬到台東時的溫柔和驚喜嗎？」懿娟搖搖頭：「事實證明，想得再簡單，都沒那麼簡單。我把你畫的那兩小幅〈月光海〉素描，挪到電腦前的牆面上；每天播放德布西的鋼琴曲，不是〈月光〉，就是〈海〉，情境氣氛搞到十足十，還讀了好多浪漫小說培養心情，總覺得自己野心不大，切入點小小的，簡單勾勒初心，找回感動，這就夠了，怎麼也老在撞牆，始終不知道怎麼開頭？」

「萬事起頭難啊！」紫燕想起年輕時不眠不休的瘋狂揮霍，小說熱情彷如火焰，哪裡會在意什麼萬事起頭難？忍不住感嘆：「是不是我們老了？想像力消失了呢？」

「也許不是想像力變差了，而是膽子變小了。」懿娟想了想：「我們自己在心裡設了個警總，這樣寫不好、那樣寫不行，想著想著，所有的思緒全都成了廢筆。」

她們想找個商量的對象，自然想到曉慧，一起擠在 I-pad 前視訊。曉慧也憂蹙著眉，對太過平靜的生活，顯得有點苦惱：「這就叫知易行難啊！文窮而後工，真有幾分道理。我這日子是不是過得太舒心了？每天坐在書店，想著書店裡外來來往往，這麼多人這麼多故事，隨意找幾個來寫，還不簡單嗎？沒想到，寫來寫去，就像流水帳。」

這樣的她，就算信誓旦旦向阿靜保證，別怕，還有我們呢！阿靜也沒有得到幫助，仍然日日陪在媽媽旁邊發呆。到最後，連媽媽都心疼地勸她：「這麼煩惱，就別去了！

你哥說，讓你去參加這個活動，是為了紓解生活壓力，我怎麼看，你都不像在紓壓，時間越靠近，怎麼壓力都越來越大了？」

就算是最想配合何愛琳的林承安，回家後認真在網路上搜尋現有的十二星座討論，五花八門，應有盡有，到底該切入一個什麼樣的角度才算別出心裁？如何在一開場就讓何愛琳注意到他很特別呢？這讓他還沒下筆就陷入困局。

一直活得極有紀律的葉以煌，專心為小珍找三首非常甜美的小提琴曲。清子在房間裡，反覆轉著《對心愛地方的回憶》，他不知道她在這些旋律裡聽見什麼，只知道自己願意，陪著她，一遍又一遍聽著她、看著她，從〈冥想曲〉的幽微、〈詼諧曲〉的出口，一直到和〈旋律〉一起收尾的人生。

好快啊！他們的人生，也快接近了收尾的餘韻。清子大他十歲，年輕時在惡劣的地理天候中，躲過各種緝捕，全身是傷，關節在這些年退化得厲害，動了幾次手術都不見好，日日待在家裡，不太出外走動。

「所有對心愛地方的念想，都只剩回憶而已。」多年前聽清子這樣說，還不見得真切明白。這些年，自己的體能慢慢退化，晨醒時的僵硬，手腳移動間的不利索，讓他推想起清子比他更早領略的萬般消歇，也就特別理解，小珍如何珍惜著和母親共有的這些所剩不多的日子，一如他和清子的歲月也在倒數，為小珍尋找甜美同時，他也渴望為自己的人生注入溫度。

他選了舒曼寫給雙簧管的《三首浪漫曲》中的第二首，後來由小提琴家克萊斯勒改編為小提琴曲後，更為柔軟的調子，成為現代音樂會中熨燙人心的安可曲。全曲分成ABA三段，A段的音符極少，但相連起的樂句線條曲折，如他在漫漫舊歲裡，遠望著清子和那些為了台灣在奮鬥的前行前輩，繾綣的心思緩緩展開，跟著她的熱情隱隱沸騰，也跟著她的心碎崩離翻覆；B段速度略快，音樂不斷從低處奔馳向高音，和第一段的內斂形成對比，讓人低身融進塵埃，用一種謙卑感謝的心情，凝視生命中一個坎又一個坎，感恩自己還有機會，沿光行，看見陰影，也仰望光亮，她還在他身邊，一日多過一日，那每一縷歧生的白髮，都是歲月的獎盃，讓他分外珍惜。

接著，他選了孟德爾頌鋼琴曲集《無言歌》中的〈作品19第1首〉，小提琴家海飛茲改編成小提琴獨奏曲〈甜美的追憶〉。流動的鋼琴音符，醞釀出樂曲的柔美基調；小提琴加入後，揚起簡單如童謠般的旋律；稍後，樂曲會不斷出現小提琴和鋼琴彼此應答的段落，貫穿全曲，如他們相依在台東，偎靠著、理解著。他知道清子心裡始終藏著另一個人，但是，他可以給她孩子的清唱、交響樂的潤色，以及一天又一天「不只是追憶」的甜美，讓她知道，他愛她、珍惜她，此時此地只有他們兩個，這就夠了。

他噙著微笑，安安靜靜聽著艾爾加在一八八九新婚前後創作的〈夜之歌〉與〈晨之歌〉。夜歌沉靜、悠緩，帶著英格蘭音樂淡淡的憂鬱；晨聲清新、甜美，和〈愛的禮讚〉相互呼應。最後，他選了清新的〈晨之歌〉，伴奏佈滿了躍動的切分音，旋律以重複音連結，小提琴在最開始就奏出三個同音，流露出一種眷戀、依依不捨的情懷，彷彿每一個餘暉入夜，都可以成為另一個起點，每一個早晨，都值得從微笑開始。

每一個早晨，都值得從微笑開始。這就是他的信仰，他對清子一生的守護，也是唯一可以送給小珍的禮物。

透過和小珍的訊息往返，微調一些小地方，簡化成更適合小珍和媽媽共享的新譜，偶而搭配曲音，為小珍講一講台東原住民孩子們的小故事，這世間的故事多半都是這樣，有點悲傷，有點遺憾，但總是在不同的轉角處，蹭了點小希望。他盯著小珍練琴，從第二首〈浪漫曲〉、〈甜美的追憶〉到〈晨之歌〉，不斷提醒她，一定要養飽足夠的力量，相信愛，才能演奏出希望，才有機會照亮身邊的人，然後，他像寫日記一樣，回顧著這些對話，寫了些不像散文、也不像小說的生活小故事。

他知道小珍練得很用心，爆烈的脾氣慢慢被甜美的樂音馴服。她喜歡轉貼來自美國的傳奇「魔琴少女」琳西．特莉的網路影片和他討論，一遍又一遍地點選 You tube 裡的小提琴演奏，看她靈活生動地結合古典音樂、現代舞和電子音樂，改編演奏電影《魔戒》配樂組曲、電玩《薩爾達傳說》、《神奇寶貝》配樂、HBO影集「權力遊戲」，以及麥可傑克森和蕾哈娜暢銷曲的獨特詮釋版本，琳西．特莉的影片大受好評，讓她從沒沒無聞的小提琴手變成炙手可熱的古典跨界新潮流，創下七億次點閱紀錄。

「她顛覆我們對小提琴的既定想像，第一張同名專輯《Lindsey Stirling》一發行，就空降全美古典跨界專輯榜、電子舞曲專輯榜、iTunes、Amazon 電音專輯銷售榜，輕易得了冠軍，成為德國 Echo Award 音樂大獎最佳跨界藝人。」相約練琴時，小珍搖晃著兩耳邊的透明耳環，兩瓶小香水的造型晃呀晃的，讓他特別覺得，她確實有點像 Lindsey，小小的臉，大膽的打扮，在特立獨行中凸顯出青春的可喜可愛。不過，他還是忍不住要提醒她：「Lindsey 得獎，並不容易。她在崛起之前，付出很多扎實的苦功，非常艱難，所以鍾鍊出來的生命力更強烈。」

連他這種年紀的古典音樂人，都喜歡看她結合「音樂」、「戲劇」、「舞蹈」、「服裝」，身兼起配樂、樂團主奏、演員和舞者，把經典音樂劇《悲慘世界》、《歌劇魅影》改編成小提琴獨奏版本。透過 Lindsey 的 Cosplay 裝扮，變身楚楚可憐的芳婷、左右為難的尚萬強和可愛逗趣的旅店老闆，從 You tube 自學而來的舞步，彷如音樂精靈，隨興、自然、風格多變，不同於傳統學院派，帶給聽眾更平易近人且極富戲劇張力的渲染力。

小珍總嚷著要成為台灣的 Lindsey Stirling，計畫趁「小說拾光」聚會時，和他進一步討論。他卻知道，這孩子擁有好多球鞋，卻沒有一雙經跑，總是說了又跑，跑了再說，常常鬧情緒，妝點著一身華麗，像披著向世界宣戰的戰袍，卻少了點 Lindsey 那樣的專注和毅力。夢想對她，可以永遠只是想望而已。不過，又有什麼關係呢？他沒有孩子，有的是時間，願意移情縱容著小珍，兩個人不斷討論著音樂的修潤，沒留意到小說創作的聚會時間慢慢靠近，提出初稿，才是必須面對的「本業」。

習慣在葉以煌身上看見陳爸影子、同樣非常依賴他的あきよし，反而維持著難得的創作紀律。葉以煌把原住民孩子的音樂故事透過群組寄給大家後，她就維持著每天居酒屋營業前，守在電腦前輪播照片，精心挑選著自助旅行的記錄，一張又一張照片組合成記憶的圖繪，隨時可以裁切出嶄新的故事。她用喀斯特地形的晶瑩璀璨，搭配《山海經》裡的崑崙山做原型，創造出幻城裡的聖境「玄山」，成為連接仙界和人間的神祕通道，拼貼著具體和想像穿錯的影像，寫了個短短的開頭，為所有故事塗抹出底色：

玄山遠眺，圓直、陡峭、晶墨般不可捉摸，近看則漫無邊際，色彩斑斕。往上望去，神木林立，高不見頂，山勢拔起，好像都找不到盡頭；懸在半天的空中花園，四時花期如煙似幻；一層又一層的九重城牆，飄渺搖移的九塔十三樓，設計奇美；到處都湧現著帶點酒香的甜泉，以及搖曳著美玉光影的深池。

具有溶蝕力的七彩仙水，一年又一年，對各種不同形狀的岩石進行溶蝕，雕琢出千溝萬壑，每一片石岩都浸潤得晶瑩剔透，在輕透明的玄色間透出璀璨的光華。周圍繞著各種神鳥、神獸，一起守護著聖境和神祕的不死樹。

場景很簡單，畫面純粹得像動畫，雖然只寫了兩、三百字，還是得到所有人的肯定，也許是因為纏繞著童年的神仙幻想，很能挑起共鳴。紫燕和阿靜驚嘆，好美啊！林承安立刻想到飄渺搖移的九塔十三樓，可以做絕美的翻糖蛋糕；曉慧很喜歡「七彩仙水具有溶蝕力」的設定，越美麗的越危險，藏著很多可以繼續開展的故事；懿娟連連拍手，根本就是十六湖素描；小珍笑了起來：「在輕透明的玄色間透出璀璨的光華，這根本就是在描寫你的眼影嘛！」

「這根本就是電玩的場景設計嘛！」遲到的小羅，很快跟上話題。他大概是寫作會裡最沒壓力的「世外散仙」，一開始就表明，寫不出來也沒關係，可以學習怎麼講故事。他接的Case多，有時到學校支援電腦教學，有時在工作室辦研習課，時間運用很滿，稍有閒暇又喜歡和女朋友待在一起，一直找不到時間坐下來好好寫作，這一天到得晚，路過有名的「海邊蔥油餅」，難得還沒賣完，他把剛好剩下十張的最後蔥油餅，一起帶過來。

香噴噴的人間油膩，跑題的說笑，打散了聚會前「無法交稿」的忐忑和尷尬。當何愛琳照著原定計畫，提出規規矩矩的一萬字小說序章時，大家都很開心，有人準時交稿了，好像回到《理性與感性》的古典時代，我們參與了「小說會」耶！光想起來就覺得很有氣質，膽氣跟著壯大起來。

每個人都興高采烈地接起愛琳預先準備的影印稿件，從兩百多年前創建羅斯柴爾德家族的傳奇起點「梅耶」開始讀起。這個生於一七四三年貧民窟裡的窮小子，日常工作就是從垃圾堆裡找古錢幣，受盡侮辱，仍堅持一個簡單的信念：「我蹲下、跪下，是為了跳得更高。」

翻著一疊厚厚的稿件，大家開始研究「梅耶」這個原來誰都沒聽過的名字，以及他一生的故事。梅耶長大後前往漢諾威銀行，學習金融實務，像每一個奮鬥中的孤兒，必須很努力，還要比別人更聰明。二十歲返回法蘭克福後，從事古董買賣，在店門口放置一個紅色的盾牌，「紅盾」的德文就是「Rothschild」，因為他的成功，後來，這個家族逐漸被標示為「羅斯柴爾德」。

「羅斯柴爾德。好難記喔！」小羅一開場就抓抓頭。曉慧趕緊安慰他：「你可以假想成 Rose Child 啊！玫瑰和小孩，像不像你和你的女朋友？」

「是喔！」小羅沒吃晚餐，肚子餓極了，一邊嚼著蔥油餅，一邊不斷發出咀嚼的聲音唸著稿件。當時，歐洲各國的王公貴族們喜歡收藏古錢幣，他親自編輯《古錢手冊》，附上詳細解說郵寄給各地的王公貴族們，希望自己的店能夠成為皇家指定店，即使大部分的信都石沉大海，還是堅持到底，從來不曾停止郵寄解說。直到黑森公爵回應了他的呼喚，他以近乎贈送的超低價格，賣給他最珍貴的古代徽章和錢幣，同時繼續幫他收集古幣，介紹更多能夠讓公爵獲得數倍利潤的顧客。這種把金錢、心血和精力徹底投注於特定權貴人物的做法，日後便成為羅斯柴爾德家族的一種基本戰略，所以，他常常教育孩子：「我們一定要和國王一起散步！」

小羅是理工男，不出聲很難讀懂，可是，他的閱讀摻雜著食物，對大家形成極大的干擾，曉慧只好提議，要不要像書店的朗讀會那樣，大家輪流朗讀？小珍搧了搧手上的稿件：「我先唸吧！開始囉，這種對『爬到權勢尖頂』的渴望和願景，讓他們在遇到貴族、領主、大金融家等具有巨大潛在利益的人物，願意做出巨大的犧牲來和他們形成勾連。為他們跑腿、提供情報，獻上熱忱服務，等雙方建立起無法動搖的深厚關係之後，再從這類強權者身上獲得更大的利益。」

這些字句，不是日常生活，大家本來還聚精會神，慢慢就越聽越渙散。小珍越念越小聲，心裡忍不住好奇，這是小說嗎？怎麼都看不到什麼故事呢？她抬頭偷看，每個人都皺著眉，埋頭苦讀，有點像大考前在圖書館奮鬥的氣氛，越讀越像歷史報告。讀了幾頁，她停下來，翻了翻手上的影印稿，偷偷算著還有多少？本來高高興興要寫小說的一群人，在厚厚的稿件中，掠過將軍、王子、王室等各種人際聯結，莫名其妙地跟著各種對策，還是詭計，完全無法想清楚，就看到這個家族通過政府，控制了各種資源型產業，搭築通往金融帝國的捷徑，並且設計出「一隻大手，抓著五支箭」做為族徽，象徵散佈在法蘭克福、維也納、倫敦、那不勒斯、巴黎創建銀行的五個兒子，致力建立起世界上最大的金融王國。

「跟政界搞好關係、家族團結高於一切、勇於追求富足生活，透過資訊操作和保守的家族化運作，賺錢，就是這個家族不可撼動的信仰。」紫燕接棒朗讀，非常吃力，不時偷看曉慧、有時又轉向懿娟，盼著不知道有誰來接手，又像應考前的徒勞，這樣無力地堅持著：「家族成員一代又一代相互告誡，單獨一支箭很脆弱，但只要大家牢牢抓在一起，一把箭就很難被摧折。」

顯然，大家以為會很輕鬆的「小說閱讀」，慢慢替換成沉重的「歷史研究」。每個人開始偷偷張望別人，因為是第一次分享作品，不知道是對自己稍有期許、還是不好意思，總而言之，大家都在等著看，到底誰會先放棄？可是，沒人敢承認自己讀不下去！眼看紫燕快崩潰了，懿娟不得不喊：「停！不要再朗讀了。」

「大家注意，要認真看喔！」她從小羅面前抓起一張蔥油餅，清了清喉嚨大聲說：「這張蔥油餅是十八世紀，一百年，記得啊，一張蔥油餅就代表一百年。」

接著，她手勁一施力，把蔥油餅撕成兩半，笑著拿起較小那片說：「這是一七四三年以前，和我們今天要讀的羅斯柴爾德無關，暫時就丟了吧！」

「來，這就是梅耶出生後的時代。」她拿出另外撕開的較大那一片繼續解說：「這片剩下的蔥油餅，就是這個窮小子的瘋狂奮鬥。五十七年過去了，一個世紀結束，他的生命即將消失，接班的安排也變得越來越重要。」

懿娟抓起另一片完整的蔥油餅，笑說新的一百年到了！這就是十九世紀。她先撕下一小條蔥油餅，表示這是一八一二年，梅耶離開了；又撕了一小塊，眼睛亮閃閃地閃著狡黠：「瞧！一八一五年，滑鐵盧戰役，拿破崙的事業終點，也是羅斯柴爾德家族繁榮的開端，由於情報準確，這個家族在英、法證券市場上，收益超過二．三億英鎊。」

她又撕下一半蔥油餅，笑說：「一八五〇年左右，羅斯柴爾德積累了六十億美元的財富。這個龐大的金融帝國逐漸在歐洲成形，讓歷史學家在界定十九世紀歐洲六大勢力時，特別在大英帝國、普魯士、法蘭西、奧匈帝國、俄國之外，獨立出羅斯柴爾德家族，稱為『第六帝國』。」

「第六帝國。」小珍和小羅不約而同重複了關鍵字。懿娟非常興奮：「沒錯！只要半張蔥油餅，第六帝國就成形了。」

紫燕笑出聲，原來抱著厚厚的影印稿，看一大疊跌宕起伏的政治和經濟角力陷入應考前的焦慮和迷惑，一下子都變輕鬆了。あきよし拿起水晶杯向大家晃了晃：「哇，我以為比爾．蓋茨就是世界首富，跟著羅斯柴爾德家族的翻雲覆雨，才知道，真正的驚天巨富，不顯山露水，就這樣站在頂峰，掌握了世界總財富的一半。」

是喔！大家隨口念著閱讀中的重點，連熟悉的經典廣告：「鑽石恆久遠，一顆永流傳」，也是羅斯柴爾德家族投資的公司，擁有全球百分之七十的鑽石產量。他們投資的鐵礦石產量，佔全球百分之七十的市場分額；還有各個國家領導人渴望進住的奢華酒店、頂級酒莊，世界葡萄酒排名第一的「拉菲」和「木桐」，都是他們的投資。

「快看，這個好玩！」小羅發現有趣的事，要大家跳著看這歷史上最有權勢的豪門望族，竟然還維持著「近親通婚」的傳統，而且已經延續一百五十年，就是為了保證羅斯柴爾德家族血統裡的金融基因純正性。家族中，總有人對金融和生意擁有著驚人的直覺，即使是最浪漫的德國詩人海涅，也提出不可思議的感慨：「金錢是我們時代的上帝，而羅斯柴爾德則是上帝的導師。」

「海涅！總算有個聽過的名字。」好不容易讀到這裡，連安安靜靜的阿靜都鬆了口氣。葉以煌溫暖地報以微笑：「真棒，大家讀完了！」

「耶！」、「好棒啊！」「一萬字了耶！」大夥兒鬆了口氣，不約而同歡呼起來。這種歡天喜地的慶祝氣氛，像剛考完聯考的孩子，單純的開心著，有些人連手抓的稿件滑了下來都沒注意。忽然，林承安對上何愛琳的眼睛，心一跳，立刻端肅起表情。大家一看，跟著安靜下來，所有的眼神，先關注何愛琳的表情，很快又不好意思地移開，好像對這種放肆的開心覺得很抱歉，只能你看看我，我看看你，接著又垂下眼睛，不知如何開口。

何愛琳本來擔心大家沒有經驗，不知道如何討論小說，計畫用自己的稿件當引信，引出各種意見的重疊和修改，讓大家學會相互督促，突出亮點，最後再提出問題、一起想辦法解決問題，才能調整寫作方向。沒想到，あきよし短短的一小段玄山開頭，岔出那麼多對話可能；她慎重準備的議題，反而沒人回應，在詭譎的安靜中，連她都開始不安起來，究竟，大家在想什麼呢？

氣氛奇異地冰凍著，沒有人打破沉默。處在這群讀大歷史讀得很自卑的小讀者中，開書店的曉慧，還是表現得比大家更專業一點點。她吞了下口水，小小聲地說：「是不是少了些小說元素？讀小說的時候，不是應該『黏眼睛』，讓我們發展出一種停不下來的熱情嗎？這一萬字，少了點人性、衝突和說不出原因的興奮，不太像小說，反而像論述或報導耶！」

何愛琳沒回答，只是安靜地思考著，屋子裡的靜謐，更加忐忑難測。每一個組織運作，到最後總是跟著付出最多的人，旋轉出最像那個人的樣貌。「小說拾光」這個團體，一開始由紫燕發起；熱情好客的懿娟，接手成為主人；曉慧帶出《異鄉客》的小說討論後，看起來好像只有她具有讀書會共讀經驗；到了正式操作，幾乎就由冷靜的何愛琳掌控節奏。

說真的，她一直很安靜，不曾擅用權威高度，試圖搶奪話語權，只在必要時提出合理的考慮、有效的進度，讓大家很安心地縮進她的保護傘，以為這樣就可以無憂無慮地寫下去，直到小說完稿。剛拿到稿件時，大家鬆了一口氣，以為這就是童話故事，跟著她的規畫和速率，「從此過著幸福快樂的日子」。沒想到，讀完她的稿件，大家的心情都變得很沉重，看起來這個團隊，沒有人懂得如何寫小說，曉慧只打破安靜，卻沒有打破僵局，彼此相看無言，好像更尷尬了，空氣一下子都升溫好幾度。林承安一急，忽然迸出：「不像小說又怎樣？我們就是來一起學習的嘛！小羅不是說，什麼都做得不夠好，這世間才有這麼多美好的事值得學習啊！」

「是啊，是啊！」小羅趕緊接話，唇邊的笑窩像陽光，及時舒緩了林承安的急躁。他深吸了一口氣，放慢吐氣速度，有點意外，自己怎麼可能會情緒失控？他偷偷在心裡罵，心理諮商的臉面，都給丟光了。覷眼偷看何愛琳，她還是渾然不覺地沉浸在自己的思索中，讓他剛沉穩下來的心，又焦灼地高高吊了起來。

原來，她不只聲音很像學姐，那若有所思的側臉，更像。對著她側臉的弧線，他不受控制地想起，學姐離開多久了？是不是快十五年了？不會吧？真的有那麼久了嗎？他沉入回憶，想起大學時仰望學姐，她是他的燈塔、他的聖殿、他無數次登頂的三角點。他仰望她的全部，渴望靠近她、照顧她，卻又怕她發現，只能全盤接收她的論述模式和實務嘗試，用最好的成績來回報她。

剛上大一時，學姐初回國，以前所未有的專業諮商避難所「好心晴小樓」打開知名度，發展出當時頗負盛名的「加減能量算式」，設計出各種客觀問題，檢測出不同的人際互動，透析一個人的生命能量，究竟適用「加法」還是「減法」？有人害怕獨處，人際往來是加分，生活檢視表運用加法，藉由生活圈的人數重疊模式，可以累積人際存摺總分；有人需要獨處，人際往來成為扣分，生活檢視表改為減法，特別需要注意私密生活安排，那是不斷歸零又重新開始的減法計算中，非常重要、又極易被忽略的人際財富。

他一直不知道，這麼光鮮耀眼的學姐，身邊總是擠滿了喜歡她、崇拜她的信徒子弟，竟然適用的是「減法」的能量算式。太多的人際互動，只能不斷失分、失分，她是用什麼樣的力量撐持到最後？這麼完美的學姐，在他們看不見的陰暗裡，愛得這麼痴苦，可能也是再自然不過的吧？

好多年了，他一直封存著關於學姐的記憶，不願去回顧她怎麼會走到那樣不堪的最後？看著不接話的何愛琳，心一刺痛，竟然不能抑制地想起最後一次見學姐。那天，她也是一直不說話，不知道為什麼不開心？離開「好心晴小樓」時，他一回眸，天花板垂吊下來的一隻又一隻大大小小的水晶鯨魚，暖黃黃的，只有學姐的臉一片黑。

第二天就鬧出驚天動地的社會新聞，學姐約了情人，牢牢扣住她的手，一起鎖在絨偶海洋中，狠著心，親自火焚「好心晴小樓」。她們會不會也變成了魚呢？有沒有一個永恆的海洋，可以讓她們安安靜靜棲息？

他一直見不著學姐，警方封鎖現場，只能透過各種媒體拼組、猜測。學姐的情人是知名企業家的室內設計師妻子，當年結婚時還上了新聞頭版，最轟動的甜蜜話題是，他送給她一棟旅館當聘禮，任她自由揮灑，婚禮就在新旅館的豪華宴會廳舉辦，兩個人親密相依，活進她親手打造的天堂夢境，童話裡的王子和公主幻現在真實人間，亮得讓人睜不開眼。一直到灰燼清空了，學姐的故事還漫無邊際地繼續在延燒，分不出是火焰還是幻影？兩個超級漂亮的才女，從小一起長大，一起編織共有的未來，相依相戀二十幾年，「好心晴小樓」源於童年相約，由她設計，學姐執業，發願要帶給人間好心情，只要心情好，到處都是晴天。

是啊！林承安在心裡吁嘆，那是多美好的晴天呢！那時，他們剛考上醫學院，台灣爆發 SARS 疫情，八十四人死亡，醫護現場一片哀悽，人人在學姐的照顧下，像躲進一把安全的傘。屆近年底，台北舉辦同性戀大遊行，這是華人世界中第一次點燃的彩虹溫度；台灣公投法也順利通過，引起兩岸關係緊張，好像在瘟疫蔓延的絕望中，生出一點點搖曳著妖異引誘的火苗。

愛和死，都顯得分外張揚。人人迷惑著眼，沒有人發現，學姐在SARS爆發後，不斷撫慰著混亂悲傷的靈魂；又在飄揚的彩虹旗裡生出渴望，想要公開戀情，不斷和美麗的室內設計師情人爭吵著。和簡單、執著的學姐不一樣，她那更溫柔、也更脆弱的情人，綑縛在一張又一張不同的網絡，家庭、孩子，以及更多數不盡算不清的糾纏和顧慮，每一次爭執都走向分手的討論。她累了，學姐卻不放棄，總定義她在逃避，反覆強調：「你就是不夠勇敢，又太貪心，什麼都想要。」

讀著八卦雜誌裡一段又一段腥羶的「小說新聞」，用從來沒有人可以證實的私密對話，一面倒地妖魔化學姐。他悲傷地想起，原來，在學姐最陰暗、最無助的這一段拉扯歲月，就是他們社團裡的這些夥伴，任性而無知地依賴她、需索她的最後時光。他反覆凝視著新聞照片，相信她們在生命最後一段小小的重疊裡，應該就待在兒童諮商室，是不是學姐渴望重回的，就是童年相約相守時最純真的那片自由海洋？

火灰裡，所有的鯨魚絨偶都掉了顏色，光剩下一片焦黑。在灰燼中，他仍認得出大大小小的偶，如起起伏伏的浪，每一波浪濤都在無聲吶喊：「感性是大忌！」

感性是大忌！這是學姐留給他最後的生命密碼。他一直很聽話，無論學姐離開多遠又多久，總是提醒自己，斂盡情緒，記住，感性是大忌。學姐說，隨著世界的開展，生活路標會越來越相互衝突，加上越來越急速的時空滑輪，隨時在移動，以至於人們不得不在迷航時尋找諮商。這樣發展下來，諮商市場越來越大，諮商專家越來越多，諮商藥品也會越來越蓬勃。最簡單的做法，就是把「責任」回推給茫然不知所措的顧客，諸如不夠珍惜自己、不夠堅定立場、太執著陳腐觀念、調整能力不足、缺乏擁抱改變的熱情……，最後多半會建議大家，不要依賴、不要太在意別人的關注，多欣賞自己、照顧自己。

「沒錯啊！不是這樣嗎？」他不懂，學姐當時的笑，怎麼可能這麼平靜呢？她只是淡淡說：「我們不斷強調，最安全的人生就是保持距離，避開太緊的擁抱，不要相信承諾。但是，如果沒有風險，我們如何感受那些深刻又強烈的情感羈絆和支撐呢？」

後來，他幾度回去「好心晴小樓」舊址，時間很短，廢墟現場就被清理得很乾淨。嶄新的大樓在都更後蓋起來，學姐的願景、羈絆和支撐，以及收納她全部夢想和他全部青春的「好心晴小樓」，都被這個速度越來越快的世界遺忘了。考上證照後，他在忙碌緊湊的諮商對話中，感覺自己的氣力都被抽空，下了班很少說話，只安安靜靜地開了個粉專「好心晴共學塾」，根據工作中的心情起伏，透過圖文更新，持續分享「心情甜食」。是甜食，更是一則又一則小心情，一天又一天，祕密在心裡和學姐對話：「今天，你過得好嗎？此時此地，天氣晴。」

這樣過了一、兩年，慢慢累積了四、五萬個粉絲，開始有一些廣告商稱他為「微網紅」，兩百、三百地匯入他的私密世界。他花了點錢，找人設計出大大小小的各色鯨偶，成為心情甜食裡固定出現的夥伴，好像在夜暗中，循著學姐的腳印，在雲端接續了「好心晴小樓」。

相親時認識律萍，發現她的日常生活，擠滿很多小活動，插花啊！寫書法，和死黨逛街喝咖啡，而且早睡早起，活得非常規律。這讓他特別安心。說真的，他已經無法承擔任何風險了，需要抱持距離，不相信承諾，也不相信自己可以提供承諾。心理諮商時，他引導病人在日常對話中融入「人情聯繫」，到了他自己的日常生活，勉強的相互關心，全都變成「家庭勞務」，他害怕自己給不起「下了班還要分心和家人聊天」的負擔。

比起聊天，他更喜歡打羽毛球，跟診幾個小時，一定等比例安排時數，在回家前揮起球拍，擐走負能量。結婚後，生活很簡單的妻，隨口叫他「安安」，他乖巧地回叫她「平平」。媽媽是平平、爸爸是安安，小兒子剛出生，爺爺喜歡得不得了，每天都繞過來看孫子，林承安難得看到父親這麼開心，就把兒子命名為「喜歡」，後來大家都叫他「阿喜」。他們一直想生個喜樂妹妹，準備叫她「樂樂」。平安喜樂，光想起來就是好心情！

可惜，樂樂一直生不出來，難怪親朋好友們總是笑：「平安喜樂，豈能盡如人意？」

三十五歲了，他覺得自己過得很好。感性是大忌。他用理性、平衡的正能量，兼顧工作、興趣、運動，甚至連家庭生活都排進「互動必要 schedule」的人際計畫。元旦旅行，情人節送花，暑期家族參觀，把生活安排得安定又飽滿，閒暇時常常浮起「自己好幸福」的感嘆，好像要把學姐沒得到的那份幸福安穩，反推出「加法」還給她。

他真的相信自己很幸福。很幸福。看著何愛琳，他不自覺地發著抖，緊緊抿住顫巍巍的唇，反覆對自己說，感性是大忌，什麼都別想，這樣就好了，現在很幸福，很幸福，很幸福……

沒有人發現他的異樣。曉慧是神祕的摩羯座，在尷尬時特別擅於用一種沉穩又怪誕的幽默感打破僵局。她打了個噴嚏，引起大家注意後，揉揉鼻子笑說：「沒錯，我們就是來一起學習的！但也不能什麼都做得不夠好。美好的事，還是要好好學習。剩下的時間不多，我們是不是就以三人、三人、四人一組，提出自己遇到的問題，說不定旁觀者清，可以互相為對方找出答案。」

團隊引領像接力棒，愛琳剛掉下的指揮棒子，回到曉慧手上。紫燕看看曉慧、又轉頭看看何愛琳，她們臉上都有一種「萬般了然」的從容和自信，有點像董嚴，說起話來慢慢的，不爭，不吵，卻一切都看得透徹。第一次聽董嚴提起，她的生日和拉格洛芙同一天，她還沾沾自喜，也許自己天生是個小說家，現在她算明白了，自己哪有什麼寫小說的天分？年輕時的〈城隍髮判〉，刊在那麼轟動的雜誌創刊號上，也許是因為她花了很多時間為神像「搞頭髮」，在那個封閉年代，膽敢為神明做「髮型辯論」，充滿新鮮創意；要不然就是因為自己很青澀，迥異於優雅文學院的生猛混亂，在編輯心裡，剛好用來對照神隱已久的知名作家那種別人模仿不來的古典圓熟。

她變得很沒信心，有點擔心跟不上愛琳和曉慧的水準。小團體的討論，很快兜著熟悉的懿娟和看起來沒什麼意見的阿靜，三隻小綿羊湊在一起，比較沒壓力，並且誠實承認：「我應該沒什麼能力寫社會小說了吧！我還是寫寫和董嚴一路走來的日子。我們一直都在吵架，吵了一輩子，我都忘了他對我有多好了。這一次，我要透過文字，回顧我們生活過的軌跡，重新再活一遍，只寫恩，不記仇，像台灣的席絹，中國的匪我思存、墨寶非寶那樣，寫得很甜、很寵、很成全。」

「好棒啊！只寫恩，不記仇，這樣的生活多美。」阿靜非常認同。懿娟也笑，隨手拿了張紙，摺出一顆小星星遞給她：「我摘了天上的星星送你。這樣吧！我的〈月光海〉，也來言情一下，阿靜要不要跟？回頭到網上耙文，看看目前有哪些言情特別受歡迎？」

「嗯，我喜歡。大家都對我很好，能夠把自己的人生寫得暖暖的，回想起來，就覺得自己也分到了好劇本。」阿靜總算振作起來，找到一個自己喜歡的素材：「我來寫一個浪漫小屋，裡面每一個人都很溫柔很溫柔，在世界末日以前，留下了『即使沒有人記得也沒關係』的努力。」

哇，好棒啊！原來，從主題出發，慢慢再注入生活細節，就可以豐富小說骨幹。她們吱吱喳喳，討論起主配角的個性，並且又一時興起，想出一些配件當意象，反覆出現，像電視劇一樣。劇情血肉慢慢勾出來了，讓阿靜安下心，要不然，她一直徘徊在要不要退出的猶豫中。懿娟笑彎了眉眼：「你真行，還徹底地只寫恩、不記仇呢！看看你分到的這一手爛牌，跟著單親媽媽孤單長大，沒有工作，整天照顧病人，心還這麼大，覺得自己分到了個好劇本，說啊！哪裡好？」

「台灣有媽媽很愛我，美國有哥哥很疼我，還有……」阿靜臉一紅，停下話，低頭抿了抿唇，傻傻地笑了起來。懿娟輕推了她一下：「說啊！還有誰？」

「英國有個男同學，一直，對我很好。」阿靜垂下頭，聲音越來越小，最後一個好字，幾乎都聽不到。紫燕大笑：「哇，真好！朋友超過，戀人未滿，是屬於兩個人『最美的時光』，何況還遠距離，可以把想念的時間拉得長長的。」

「同時也很危險。遠距離的愛，說不準的啦！」懿娟喜歡死纏爛打，愛就是要糾纏在一起，對異地戀情超沒信心，阿靜忙著揮手否認：「不是愛啦！就是很好的同學。」

小珍和あきよし都喜歡跟著葉以煌，他的從容穩定，幾乎滿足了她們的願望和投

射，小羅一心一意要和他聯手下鄉。葉以煌看著最信賴他的這三個人，不免苦笑：「我，在創作上，幾乎等於文盲。我只作曲，從不寫詞，我們這組完全沒有方向耶！該怎麼辦？要不然，先來談あきよし的玄山好了。」

從「玄山」的討論開始，延伸出其中的生物和故事，大家發現，先把地景寫好，就可以搭出小說舞台，放進角色，只要個性補足了，故事和轉折自動就會跑出來，這就成了寫開頭的小法寶。大家開始反覆提問，什麼地景最適合自己的小說開展？小珍想了想，爸爸和媽媽在羅馬散步的街景如何？喜歡自助旅行的あきよし立刻呼應，那是她沒去過的地方，以後大家可以結伴一起去；小羅想了想，計畫重現台灣職業電競隊伍「台北暗殺星」二〇一二年在美國洛杉磯英雄聯盟第二季世界大賽中擊敗南韓贏得一百萬美金的輝煌現場開始，人群簇擁的熱鬧，慢慢淡出大場景，淡入小遊戲，再切入程式小精靈。這個構想一丟出來，喜歡電玩的小珍用力拍手：「這個好！有趣，怎麼想得到這麼棒的切入點？好強。」

「因為有一座神祕的玄山啊！」小羅臉上的笑窩深陷，連他自己都不敢相信：「我真的要寫小說了，我女朋友一定很開心！我喜歡埋著頭做自己喜歡做的事，完全不了解別人在想什麼。要不是她啊，我應該不可能和這個世界正常接軌。」

「好神祕喔！下次讓我們見見。」小珍非常好奇。小羅很開心：「可以喔！我到台東兩、三年後，她竟然放下台北的朋友圈，標下金樽遊憩區的咖啡經營，一年只做九個月，凜冬三個月，自動放假，不是到第三世界自助旅行，要不就在我的工作室當志工，她也超級喜歡機器人唷！」

「她不是喜歡機器人。」あきよし淡淡微笑，長長的睫毛蓋下，像覆上夜空，藍螢光的眼影閃了閃，一如星子無言。隔了半晌，才溫暖地化開聲音裡的距離：「你沒搞懂嗎？她只是喜歡那個玩機器人的大孩子。」

葉以煌看著這三個孩子圍繞著他，有相信、有依戀，心裡特別溫暖，像忽然擁有了一個屬於自己的大家庭。他一直喜歡孩子，在落葉滿天的表參道，牽起清子的手時，他相信自己有能力，讓她幸福，和她生養一屋子吵吵鬧鬧的子子孫孫。可能因為清子身體不好，他們結婚後一直沒有孩子，他就把渴望掩埋起來，直到看著這三個孩子張著亮晶晶的眼睛，他生出一種強烈的願望：「我不寫音樂小故事了，可以從東京的表參道寫起，那是我最心愛的地方。就是從那時開始，我才決心，讓身邊的人幸福，我的小說裡，還要塞進三個個性不同的孩子。」

「寫我」、「寫我」、「寫我」……小羅、小珍和あきよし爭相笑鬧著，喧吵的聲音，傳到落單的最後三個人這邊。曉慧一想起分組是自己的提議，責任重大，率先打開僵局，主動認錯：「抱歉，我說話太直了，讓大家不開心。」

林承安剛想著該怎麼打圓場，何愛琳還是如常冷靜著聲音，把意見整理得很清楚：「你說得沒錯，我們讀小說，總要讀出一種別人不能懂得的熱情。但是，寫小說，終究是一種獨特的專業，我們需要一些協助。我剛在想，有個辦法，但還沒取得同意，一時不能提早宣布，既然只是在小組自由發言，我就提出來讓大家思考一下，究竟可不可行？」

「說說看。」看著兩個人的眼神，這樣專注等待，何愛琳咬了咬唇，好像在自我對辯，該不該替別人做決定？想了一會才下定決心：「小說家繞繞，是我同學。四、五年前，她在Instagram經營『繞繞』平台，發表禪繞畫與手繪創作，目前已累積超過十萬粉絲，透過對生活的細膩觀察，以及獨特的美感，她一直相信，簡單就是終極的複雜，創作出無數觸動人心的短文，並且整理出一〇一種禪繞畫圖樣，陪伴粉絲度過無數個悲傷夜晚。」

「你們很熟嗎？」曉慧不是扭捏作態的人，一下子就和何愛琳的思緒接上軌：「她可以怎麼協助我們？」

「繞繞常說，她沒有時間繪畫、搞藝術，但是，寫微小說、畫禪繞，都是最簡單的生活。在公車、捷運、飛機上，等待、無聊、放空時，一支筆，一張紙，沉入一筆一畫，就可以找到內心安寧。」何愛琳想了想又說：「我可以為大家設一個寫作私密社團，商請她根據過去的創作講座，整理出簡單的法則，讓我們各自找時間研讀。繞繞雖然不可能參加我們的聚會，不過，她很真心，是那種『交上了就是一輩子』的朋友，應該不會拒絕。」

何愛琳有閨密？林承安有點意外，至少這一點和學姐不一樣。學姐把自己的人生，包裹在密不透風的小樓裡，除了執業或帶社團，很少聽到她講到任何個人話題。他們幾乎沒人想像得出學姐的私密生活。現在回想起來，像孤島一樣地活著，就是警訊，只是，那時候的他們，怎能相信那樣完美的學姐會有問題呢？

看著和學姐這樣相似的側臉，原來過著和一般女孩沒兩樣的生活，他鬆了口氣，多了點安心。很快又覺得自己很無聊，她活得好不好，和自己有什麼關係？為什麼總要這樣偷偷看她？為什麼這麼容易被她牽繫著平常很少起伏的情緒？

那天夜裡，他花了更多的時間畫甜食筆記，接著在深夜埋進甜點製作，小心安頓自己的情緒。用加了蝶豆花烘焙出來的杯子蛋糕當基底，為堅硬暗淡的海浪拉出灰藍色澤；再把電動攪拌器調到最高速打糖漿，混進櫻鹽，在溫水上微微加熱，一邊打出粉紅的棉花糖漿，一邊輕輕注入用來穩定成品和增加光澤的水麥芽，最後擠出小鯨魚造型，很快地，杯子蛋糕的灰浪間，浮出一團粉紅色小鯨魚棉花糖；最後的收尾，還有寶藍小鯨游了出來，親一口粉紅小鯨魚棉花糖，再從臉頰紅起來，慢慢延燒，一路延伸到彎身浮游的身體，同樣也變成一隻粉紅色小鯨魚。

他拍了照片，在「好心晴共學塾」更新圖文。壞心情的寶藍小鯨，想要遠離人群，擱淺在堅硬灰暗的海浪上，樸拙的小圖，加上手寫的短詩：

黑暗的水氣，一塊塊凝固
愛和不愛都是事故
夜迴著回不去的海洋
擱淺的鯨魚，把熾烈的心烘焙成
粉紅～情～書～～

「哇，粉紅情書耶！」、「棒棒」、「惜×2」、「抱～」、「好可愛的櫻鹽！是櫻花嗎？」、「粉紅～情～書～～，好像浪來浪去，盪個沒完，這真的好玩」……

各種留言，很快擠了進來。他常常很好奇，在黝暗的深夜，這些躁動的即時聯繫，究竟在渴望什麼？還是害怕什麼？只要有人留言，我們就成為唯一「穩定的點」，所有的聯繫，都成為這個點的延伸。無論我們身在何處、在做什麼、周遭有哪些人，都不重要了，這地方和那地方、這些與那些身邊人和眼前事的差別，都被廢除，所有的愛和糾纏都沒有風險，不開心了就刪除，隨時又有另一個社群可以歸屬。

我們總是用自己的方法，找一個心愛的地方躲起來，無論有沒有愛都沒關係，這世間總是有這麼多人和自己一樣寂寞。回覆著粉絲留言，林承安的心情慢慢變好。彷彿舔著紫蘇梅子，酸酸鹹鹹的，像從來不曾落下的淚，他開始在電腦上打出萌萌的字眼：「櫻鹽不是櫻花唷！是紫蘇梅子，櫻花的顏色，帶著淡淡的鹽味。」

這個只屬於黑夜的「好心晴共學塾」，是他最心愛的地方。讓他放下理性、丟掉平衡、忘記感性是大忌，只是簡簡單單想起，何愛琳的側臉，專心複習著她那讓他驚心動魄的聲音，任性地讓自己的心摺著、揪著、皺著，痛，又快樂著。

滑遠了的那一抹粉色，如夜裡的櫻，輕輕照亮心扉，讓他好好睡熟。

繞繞

蜷在愛琳傍窗書桌邊半圓的小躺椅，讀著〈羅斯柴爾德〉，繞繞大笑：「天哪！這是什麼大論文啊？你那些夥伴脾氣也太好了吧？虧大家讀得下去，要是我，早就中途放棄啦！」

愛琳繼續批閱作業，完全不受影響。「羅斯柴爾德」這幾個字，曾經是她的死穴，日子一年一年過去，長期受到擠壓的血壓和心跳，早就放棄掙扎。顱內缺氧的時間過得太久，對於外在的歡愉和悲傷，漸漸都失去感覺。繞繞和她不一樣，她靠著敏感維生，那樣傳奇的起伏，怎麼還可以這樣正常活著？好像她就靠著那麼些磕磕碰碰在吸吮營養，不流血、不流淚就不算滋味。

剛認識繞繞時，只覺得那是個特別安靜的孩子，反而是她，吵吵鬧鬧，因為生活太順心，每一件小事都可以放大成脾氣。相識的日子長了，才知道，小打小鬧的滋潤，都是些不知天高地厚的小池塘，不顯山不顯水的寧靜水面，才真是深不可測的汪洋。

小時候一放學，她喜歡跟著繞繞回去她們那個很小很小的家。繞繞的外婆好漂亮，有一肚子的故事，好像永遠都說不完，還有各種好聽的小曲兒，有的她們學得會，有的怎麼學都唱不來，只覺得特別婉轉，聽起來很容易「心碎」。嗯，心碎，就是這兩個字。她常常想起，那麼小的年紀，她怎麼會老是想起這兩個字，好像就是因為那種藏得深深的、卻又藏都藏不掉的疲倦和傷痛，讓她們安靜地聽風、聽歌、聽故事，從不敢提起她們在外面聽來的各種傳說。

傳說啊！遠在很久很久很久以前，繞繞外婆是個超級大明星，不知道什麼原因，曾經讓五〇年代的地方雜誌指她「叛敵通匪」，剛好讓當時權傾一時的大人物英雄救美，出面保釋這個嚇壞了的小美女。她的落難和獲救，像美麗的電影劇本，耳語裡充滿英雄美人的浪漫和羨慕，每個人都相信，繞繞外婆會成為擁有一切、只差沒有名分的上流夫人。

誰也沒想到，這個聰穎的女子，很快想通「叛敵通匪」和無罪開釋中的迅速轉換，世界上哪有這麼剛好的事？她不想活在暗處，跟一個「心機算盡」的權貴享盡榮華，只想過簡單生活，保釋後立刻隱退，選擇了溫文儒雅的學者閃電結婚。不久後，丈夫被控「包庇匪諜」，下獄九年。她心裡很愧疚，知道是自己牽連了丈夫，不想再留在繁華紅塵，也不願接受任何幫助，帶著女兒無悔，遷到缺電、缺水的高遠山區，艱困地開墾農場，甘為農婦，痴守丈夫出獄。

小女兒力氣很小，她拚盡全部勁力，把自己當個男人，也只在昏天黑地的中央山脈懷抱裡，闢出小小園圃，雜草亂竄，僅夠兩母女勉強生活，她就在這相隔卻相念的九年，刨著土，和著泥，養著根，種了棵她最愛的梅，跟著一年又一年的花木枝葉，書寫著天長地久的信誓。丈夫出獄後，放棄學術生涯，陪著她住在山林茅屋裡，開荒拓土，日日在田埂下揮動著鋤頭，他們沒有鑽石珍珠，滴滴汗水映著金陽，就是她最心愛的珍寶。他們住的地方人煙罕至，生活清苦，女兒的小學教育都靠自學，沒有人記得她當初的風光，更不會有人認真看待他們的愛情，只是，他們都很安心，日子裡最常浮起來的安慰是，有你在身邊，這就夠了。

無悔上中學前，看著積鬱一生的父親，緊緊握著自己的手，哀傷地看著她、看著她，直到悵然離世還捨不得閉上眼。臨終前，他要求葬在農場邊的梅樹下，那是剛出獄時，初看到這兩個最惦念的女人，自此就成為他一生最美的眷戀。沒想到，父親遠在美國的元配家屬找來，帶走他的骨灰，計畫送回美國和元配合葬。無悔當然不肯，再大的勁力也比不過大人，只哭啞了聲音，在山路上追著汽車狂跑，蹭了一身煤灰還在嚎叫；「還我爸爸，還我爸爸！」

「別哭，別忘了你的名字叫無悔。」那個堅強的聲音，陪著無悔和她的母親，走過漫長的一生一世。無悔一直不相信，這麼勇敢地選擇愛情的母親，到最後還不是只能活在暗處？一直到她長大，結婚，離婚，總活在懷疑和不安當中，只能把無悔的勇氣，承傳給她的女兒，繞繞。

繞繞和外婆一樣，從小到大都不哭，只張著一雙漂亮的眼睛，冷冷看著這個不斷翻覆旋轉的瘋狂世界。後來，外公的叛國罪平反，外婆安心離開；母親第二年跟著走了，她捧著骨灰，不知道外婆是怎麼做到無悔的？卻深深知道，那個叫做「無悔」的母親，從來不曾無悔。她找到母親的日記，看著她從哭嚷著：「還我爸爸，還我爸爸！」那天開始，從此拒絕長大，一輩子尋找著父親的典範。

但是，「父親」的典範，究竟是什麼樣子呢？繞繞聳聳肩，完全沒印象，只記得一九九七年，香港主權回歸前的海外移民人數，年均達四萬人。父親遠在台灣，卻還是充滿不安全感，一九四九年跟著大人逃難的記憶太強烈了，搶先移民加拿大，是他自認為「守護一個家」的最佳對策。一想到高緯度的天荒地凍，讓無悔聯想起高山上無水無電的惡寒，她苦笑，無論丈夫如何哀求，還是決定離婚。蓋上印章前，她笑得這樣淒涼：「饒了我吧！我從出生就註定要逃，逃了一輩子。我真的很累，不想再逃了。」

「她是不逃了。」繞繞後來總結母親的一生，對愛琳做了個荒謬卻滿有道理的結論：「但顯然也沒有面對生活好好過日子。啐，和她站在一起，空氣陡然被抽空的那種稀薄溫度，簡直比我外婆在高山上的天荒地凍，還讓人活不下去。」

面對生活的勇氣，繞繞完全吸收了外婆的能量。學成後又寫又畫，經濟獨立，不想為誰停留，也不特別期待有誰停留在她身邊，一個人，把日子過得無憂無懼風生水起。這讓無波無瀾活在溫室裡的愛琳特別羨慕，總覺得「吃苦」說不定是一種祝福。繞繞昂起頭迎向陽光，微瞇著眼睛說：「一半、一半啦！我老媽吃的苦頭比我多太多啦！也沒得到什麼祝福。人生哪！不是靠祝福，而是選擇，一次又一次選擇，好過的，好好珍惜，難過的，過了就算了。看看你，能放手就放了吧！何必一直執著在 Rothschild？」

她懶得理會，繼續批閱作業。每一個人的人生難題，都是自己才看得見的作業，任何一個旁人，無論愛或不愛，講起來都是隔靴搔癢。她知道繞繞吃了不少苦頭還這麼陽光，確實很難得；但並不代表她有權利，把陽光照進每個人的世界，有時候，陽光和空氣都有毒，陰晴暑雨，得是各人甘心領受的日子才叫做風景。

「你怎麼變得這麼冷漠呢？」老爸續絃後，也許出於愧疚，也許捨不得放下他們曾經擁有過的親密，常痛心地拉著愛琳，繞在家裡每一個房間、每一個牆面、每一個走廊轉折，指著那一幅又一幅精心裝裱的小畫問：「你不記得了嗎？這是你兩歲畫的，這是三歲，五歲時剛上幼稚園。你畫得特別勤快，要不是我們家迴廊多、牆面大，你的這些圖畫日記，哪裡擺得下？」

他們的家是黨國宿舍，日式木屋，庭院幽深，迴廊映著陽光，素樸寧靜中更凸顯出父親為她裝裱的每一幅小畫，像對著每一個人炫耀，她是他掌心裡的心肝寶貝。小時候並不覺得特別，長大後只要有同學來家裡，聽大家拚命感嘆、羨慕，才有點糗，意識到因為父親的官職，自己和身邊的人不太一樣。

她一直拒絕司機接送上學，不願被當作特權份子，慢慢就不喜歡帶同學回家，寧願和繞繞一起回去擠小屋，繞前繞後，兩個人常撞在一起，隨時都可以哈哈大笑。真正再也不願帶同學、朋友回家，是在選讀歷史系以後。那樣青春熱血的年紀，得有機會到禁書區研習，真的有冤獄耶！她讀著資料，嚇到手足冰冷，腦子裡繞著血慘慘的往昔，對家裡那些美麗的迴廊、永遠那麼溫暖的陽光，反而升起難以承受的痛楚，多希望自己永遠只是那個什麼都不懂的小公主！

繞繞在成長後找到自己的自信和自在，越來越活潑多話。她卻在成長後看見天地的鏡射和扭曲，越來越說不出話，總是讓繞繞三搖其頭：「你有病啊？以前怎樣，與我們何干？親愛的公主，重要的是這個當下，就是在這此時此地，想一想，我們怎麼好好生活？」

「怎麼可能呢？只要那些血淋淋的歷史傷口，還沒有說清楚，我們就沒有權利，任性地說，以前與我們何干？重要的是此時此地。」愛琳搖搖頭，越來越少話。不知道從什麼時候開始，她習慣在讀書時皺眉，很容易犯頭痛。認識去非，就在圖書館桌案邊，忽然一陣劇痛，她扶著頭，沿著眉骨一路慢慢按壓，希冀能夠制痛，這時，他從鄰座遞給她一瓶紫草膏，拉開陽光般的笑臉：「送你吧！我姨媽做的。據她說，治頭痛超級有效，不過，我沒痛過，不敢保證。」

也許真的是因為太痛了，她想也沒想，抓過來就狂擦，小小一瓶，一下子就用掉三分之一。還給他時，有點忐忑，他倒是大方地拿出手機問：「都說整瓶給你啦！不用還。來，給我你的電話。你這樣擦，很快就用完了，姨媽再做時，特別給你送五瓶去。」

她愣在那裡，看著他等著輸入電話的那隻手，慢慢、慢慢地紅起臉，低聲說：「不用了。真的不用了，我沒有手機。」

「那你每天晚上離開圖書館時，通知你爸爸的電話，到底是跟誰借的？」他一臉笑意，一點都不覺得尷尬。倒是她的臉燒得更厲害，不知道該說什麼，乾脆闔上書，提早回家。他也不急，跟著收了書，悠然走在她身後。沒多久，她感受到他的腳步聲，一邊走一邊惶惶然回頭偷看，悄悄躲進洗手間，等了一會再出來，人已經走了，洗手間門口插了朵粉色小花，剛好和她長裙上的小碎花同款同色澤。

過了一、兩個禮拜，她才習慣，他總是有這麼多機會，「剛好」出現在她身邊。教室、圖書館，或者是錯身而過的路上，這一路的風景，因為他的存在，變得恍兮惚兮，彷如幻境。

又過了一、兩個月，看到他站在台上，主講西域藝術史，才知道是歸國學人耶！還是系上最年輕的老師。有趣的專業，烘焙出日後她在歷史系最華美的追夢時光。他就這樣陪在她身邊，兩年大學、三年研究所，從來不曾告白，只有溫柔陪伴，就在她慢慢把心託放在他身上，以為這就叫做天長地久時，畢業前，忽然聽說，他結婚了！新娘子很美，網路上多的是新聞和照片。來自南部望族的排場，鋪天蓋地的陪嫁，成為校園裡煞不住的話題，除了一個牧場、一家皮件工廠和一棟復古的百貨公司，還有不住從耳語中衍生出來的各種傳說，每一則輾轉的愛情故事都浪漫得像童話。

她不得不休學，整整躺了三個月。約略知道發生什麼事的老爸，權力再大也無計可施，急得快休克。年輕客氣的阿姨，只能禮貌地張羅著反覆冷去的三餐，從她踏進這個家門以後，她們一直維持著疏遠的尊重，一時也不知道該從何安慰。

愛琳說不出話，只矇著被子，在沒人看得到的時候，沒日沒夜地淌著淚，再不願踏進學校，最後，只能讓繞繞去替她補領畢業證書。

老爸為她安排了台東的教職，讓她離開原生環境，遠遠的，遠遠的，希望什麼都別再記起。只可惜，從來沒有一場夢是聽話的。在夢裡，天青日朗，那人言笑晏晏、信誓旦旦，含情眉眼裡的陽光，片刻都不曾遠離。

她開始系統地回想起他們的往昔。他喜歡分析她的家庭背景，從她摯愛的父親開始講起，一九四九年後移徙台灣的離散中國人，在政黨認同、道德堅持和國家統一的目標上，具有犧牲奉獻的神聖性。神聖性。她重複了幾次，對這三個字，含藏著無限歡喜，滿足了她小公主般的正義和憐憫。

只是，他語氣裡無限蕭索，彷如前面講的只是無關緊要的引言，接下來才是重點。他總是感慨，從二〇〇〇年政黨輪替後，台灣人民普遍適應了政治新秩序，外省族群卻萌生嚴重疏離，從不曾有人為這樣的改變預先做過心理鋪墊和適應教育，有一大群人在外在環境改變後，心理還滯留在失焦的各種破碎鏡頭，慢慢進退失據，對國家、民族、信仰的集體價值和身分認同，從理所當然的正統，淪為茫然無措的「他者」。

他每天研究的是敦煌超塵絕美的仙女飛天，刻在心上的卻是西域一個又一個破碎湮滅的古國。家國崩裂、萬般不能停留的惆悵，流淌過他的心裡，一天比一天更苦澀。記得，以前他曾經吁嘆，台灣在國民政府據守五十年後，展開一連串政治改革與民主選舉，國會全面改選、省市長直選、總統直選……，這些美好得像神仙祝福的夢幻進程，放到全世界的民主狂潮裡對照，簡直是一場又一場不曾流血的奇蹟革命；誰也沒想到，在島嶼扭曲晦暗的歷史負擔中，強化了省籍問題，孵養出「藍綠對決」這隻大怪獸，踐踏著一點又一點開在希望草原上的花朵。

他是不是曾經像她一樣，在民主轉進中單純地歡喜，帶著點鬆了口氣的釋然？那些卡在歷史傷口裡的悲痛和揹在身上的負擔，曾不曾在解嚴後，讓他鬆了一些綑縛？她很想站在他的位置上，想清楚，會不會他潛意識裡的焦慮和恐懼，別人無從理解，以至於她從來就不懂，到底是什麼樣驚天駭地的渴望，吞吃掉他的知識、訓練、理性，甚至……她忍不住想，甚至還包括愛情？

怎麼會變成這樣的呢？曾經，他是這樣壯闊地從西域到島嶼，無所不知地引領著她，攤著地圖，閱讀著台北市一條又一條的路名，仿如吞吐著天地日月的大願。那時，她像個發現新大陸的孩子，隨著他沿線指點的手指頭驚嘆，原來，台北市的主要道路，就是他們心愛的家國。有一年她生日，他買了個大蛋糕，蛋糕刀從中剖開後，他盈盈淺笑：「瞧，這就是中山路，後來畫分成中山南路、中山北路。」

「還有啊！你看，這是中正路。」他轉了個方向，垂直再切一刀：「後來就衍伸出你知道的八德路、忠孝東路和忠孝西路。」

她看著這個最年輕的助理教授，在蛋糕上畫出十字，區分出東西南北，噙著淺笑，彷彿把全世界都捧到她面前：「看，南面而王！那是生命依存的八德，依序丈量出忠孝、仁愛、信義和和平；往北則遙望成遼遠的鄉愁，中國古都拉近眼前，長安、南京，然後是實踐三民主義的民生、民權、民族。」

他又把蛋糕轉了個方向，讓她的視線從西走向東，想像著一路陽光初昇，臉上的笑，溫柔鬆開，同時也釋放出滿天的希望：「向東走去，正是一個國家卓絕奮鬥的過程，我們走過新生、建國、復興，而後需要敦化、光復……」

如果他們可以一生一世，這樣歡歡喜喜地切蛋糕，記憶著這些甜甜蜜蜜的滋味，那該有多好！可惜，他沒等到一生從來不曾懷疑過的「光復」。

曾經，她坐在台下，聽他在台上演講，討論台灣外省人面對政治秩序轉變及身分認同扭轉過程中所產生的焦慮與不安，溫柔解說著族群價值體系所面臨的挑戰、自我身分認同的詮釋，以及族群的尊嚴自覺，希望可以促成大家參與、理解，在這動態發展過程中，外省人的民族認同與國家認同的轉變。長期以來，他們一起走在寧靜的校園裡，她總是深切感受，他看著她、依戀她的同時，又遠遠保持著距離。究竟，他在想些什麼呢？一直到他結婚後，她才慢慢整理，他的自我認同，到底做了什麼轉變？他和她的一路相隨，究竟在哪裡出現分岔？

她在夢中隱隱記起，他總是反覆強調，我們必須及早確定自己的定位。定位。他說了一遍又一遍，然後她流淚醒來。後來無數次回想，他的婚姻，她並不是完全沒有心理準備，她只是埋著頭，不想去面對。

他常提起被打成黑五類的成都老家，滿臉寂寥，足以讓她心碎。留在老家的大部分的親戚，都藉由勞改下放被連根拔起；有一些親人被移送山東，更大一群送進新疆，每當他跟著專案計畫回到絲路，就會看見那些離散的飄零苦澀，散佈在美麗的新疆維吾爾族自治區；龐大的家業，什麼都沒留下，早已不算家鄉的老家，對他形成難以詮說的魅惑，讓他一趟又一趟藉由研究名義，重回故土。

他專攻西域藝術史，不斷徘徊在覆蓋中國六分之一領土的維吾爾族自治區，越來越能感受到藏在土地裡的那種龐大而豐沛的生命能量。寬闊的邊境，與蒙古、俄國、哈薩克、吉爾吉斯、塔吉克、阿富汗、巴基斯坦和印度相鄰，能被中國當作基地去影響外界鄰國，也能被外界大國反轉回來威脅中國。為了鞏固控制，中國一路運用移民、開拓、貿易、通婚、文化同化、行政管理一體化和國際孤立，改變這片寧靜國度，他的先輩父祖，就活在這一大群又一大群離散的故事裡。

隨著一九九一年蘇聯的瓦解，相鄰的哈薩克、吉爾吉斯和烏茲別克中的維吾爾族社群，經歷了文化和宗教的復活，為新疆的維吾爾族人創造出希望。遊行、示威、騷亂、偶一為之的暗殺和恐怖爆炸，被視為恐怖主義、分裂主義，讓當局藉機發動了一連串逮捕、監禁和處決。

看著員警和軍隊強行蠻幹的過程，老家那些親戚，戰戰兢兢度過血洗，等於精神上的第二次閹割。人人變得驚惶而苛薄，人不像人，親戚不像親戚，更別想聯繫他們這種被視為叛亂地區的島國禍源。就從那時候起，他開始熱中研究一個無懼於政治、軍事權勢的龐大金錢帝國，Rothschild 家族。無論家國如何崩離，都靠著明處的權勢盤結和暗處的訊息網絡，在任何一個地方重新站起。

他常常說、常常說，幾乎都可以讓她觸摸到一種堅硬而熾熱的決心，讓她確信，他將以自己做起點，認真打造屬於他自己的家族，東方的 Rothschild。那時候的她太年輕，總把甜蜜的愛戀當作人生的唯一，從沒注意到他一直在物色聯姻對象。熟年後她才了解，這就是他在打造未來時，最簡單又最準確的捷徑，怪不得他不敢牽她的手，怪不得他只能遠遠地陪著她，怪不得他不敢承諾，怪不得他這麼憐惜她卻從來不曾說過愛……

離開去非後，她在台東，開始在課後鑽研 Rothschild 家族。日以繼夜，夜以繼日，年年歲歲又歲歲年年。說不出為什麼，也許是因為他們的愛都落空了，至少，她可以研究轉移成東方模式的侷限和補救，在隱密的角落，期盼他成功。

參加「小說拾光」寫作會，糾纏在心底近十年的「羅斯柴爾德」，自然跳了出來，急著掙滿自己的位置。習慣寫短文的繞繞，翻了翻手中厚厚一疊稿紙，好像每一段文字都心有不甘地跳竄著，太豐滿又太直接，讓她忍不住問愛琳：「你到底是在寫學生講義、還是寫小說啊？書中角色的名字，翻譯時能不能多一點美感？也可以注入一點點暗示啊！還有，要不要加個有趣的虛構角色？比如說，一個會思考、會說話的古錢？最好也想個好名字！要不要為德國詩人海涅加戲？說到底，這是這整疊『講義』中讓大家最熟悉的名字，再說啊！讓金錢的執著和詩人的放縱做個對照，也不錯。」

「嗯，有道理。」愛琳從她手中抽回稿子，仔細重讀，眉間的豎紋慢慢聚攏。繞繞用拇指和食指，誇張地攤平她的皺紋，認真為她解說，每一篇小說的開始，最先需要確認的，就是角色的名字；即使沒有名字，刻意抹去名字的小說，通常也帶有一種創作意圖，有時試圖抹消文本和讀者的距離，有時揭露的是集體的共振，她特別指出，當我們賦與角色一個名字時，就握有一種特權，想像角色背景、猜測社會氛圍，或者是感覺一種雙聲疊影的底色，為故事塗抹出多層次的折射，每一種曲折都多了些虛虛實實的可能。說到這裡，她嘆了口氣：「你看，這疊稿件根本就是論述報告，沒有獨特的角色，也缺少創意的虛構，更缺少一些具有象徵的意象。」

繞繞從背包裡抽出旅行途中正在閱讀的《散戲》，翻出書中男女主角的名字，停了會，才敲了下愛琳的頭：「音樂。藝術。展覽。看到在充滿音樂氛圍的藝術場域初相識的『蘭容』和『野陽』這兩個名字，你會不會聯想到約翰・藍儂和小野洋子？他們都像音樂和藝術中的精靈，一見就是一輩子。」

「太肉麻了，這不是我的讀書風格。」愛琳繼續埋在稿件裡挑自己的毛病。繞繞硬是把手中的書蓋上稿件，打斷她的閱讀：「你看嘛！柔軟的『蘭容』，在約翰・藍儂的純粹張揚中，多出點心境放慢的曲折起伏；慢慢又轉向陽剛的『野陽』，比身處異質文化中的小野洋子，更加原始、燦爛。透過名字的拼貼和暗示，就可以勾勒出一生的繾綣反覆，陰陽剛柔的替補和旋轉，拼貼出一道又一道光與影，輪番表現失落與圓滿，不是很有趣嗎？這可以強化讀者的情緒渲染，讓他們急著想知道，所有的衝突和疑惑最後找不找得到答案？」

「哇，真有學問。」愛琳覺得好笑，繞繞一向不愛讀書，怎麼讀起小說反而像在做學問？她覺得很有趣，趁繞繞還沒離開，很快看完《散戲》。兩個人透過這本隨機抓到的小說，討論人生中的情感執著。不知道是不是刻意，沒人提起去非，只是感嘆，所有的愛走到最後，聽不聽明都無所謂，一場又一場永無止盡的追尋，成為宿命。愛琳做了結論：「蘭容在放棄音樂前，刻意到艾比路錄音室錄製橫跨古典和通俗介面的CD，讀者怎麼可能沒想到約翰．藍儂呢？」

「怎麼說？」繞繞眨了眨大眼，她真的不是太了解歷史老師們在想什麼？愛琳笑了起來，開始替小說家解說艾比路錄音室（Abbey Road Studios）。這棟建築物建於一八三一年，走過百年滄桑，直到一九三一年十一月被英國唱片公司EMI購入，用作錄音室和音樂家休息的場所，曾經是披頭四、平克．佛洛依德等眾多世界搖滾殿堂級樂隊的專輯錄音地，出產了大量世界搖滾音樂史中的經典作品；一九六九年，披頭四發行了專輯《Abbey Road》，專輯名稱和封面直接源於錄音室所在小路，錄音室也因此正式改為現在所使用的名稱，讀起來很能挑動學究型讀者的後設樂趣。

「就這樣，我們怎麼可能不去聯想小野洋子和約翰．藍儂呢？」在跳進來寫小說以前，愛琳從來不知道，和好朋友無所事事地喝咖啡、聊小說，這麼生機燦爛。繞繞對愛琳看一本通俗小說，也能說出這一大篇學問，忍不住嘆：「有完沒完啊？小野洋子和約翰・藍儂的光芒，再輝煌也都過去了，你不說，我還不知道呢！」

「不說就不知道，就是後設的趣味啊！」延續音樂、藝術和展覽，她們繼續八卦，約翰・藍儂在倫敦印地卡畫廊和大他八歲的小野洋子相遇，約在錄音間錄製自己的歌，取名〈Two Virgins〉，仿如兩枚處子在相遇後，才看到彼此的燦亮。婚後的搖滾巨星，自動縮小自己，改名約翰・小野・藍儂，在蜜月旅行中發起「bed peace」運動，堅持反戰，永遠在抗議這個太無聊的世界。繞繞笑著說：「洋子，就是他的天堂。」

愛琳愣住，一時說不出話，徹骨從心底湧起一陣哆嗦。原來在這個世界上，真的有一個人，一出生就註定會成為另一個人的天堂，當然，天堂這樣脆弱，也可能瞬間就變成地獄。她想得有點怔忡，繞繞伸了伸舌再敲了頭，氣憤自己講錯話，只能繼續演繹，就是約翰・藍儂把注意力全擺在洋子身上，導致披頭迷都認為是她導致披頭四解散。婚後不到十年，他在自家門口遭到槍殺，同一天，《滾石》雜誌首席攝影師刊出裸身的約翰・藍儂如初生赤子，環抱散髮的小野洋子，宛如付出自己的全部，這就是他們最後的「愛的強悍」，讓大家相信，我們有能力和時間對決。

「藍儂走後三十七年，喜愛變化的洋子不曾離開和藍儂在曼哈頓的房，不願更換擺設，不想移開壁櫥裡藍儂的衣裳，只要記憶還在，他隨時能夠回家。」愛琳從小野洋子和約翰．藍儂的真實，回陷到自己永遠做不完的夜夢。繞繞狠命把她拉出來，繼續跳進小說虛構中進階第二堂課：「注意喔！命名和點題，為小說上了底色後，接下來，人物設定更是關鍵。野陽必須比蘭容大、又不能顯老，才能讓她看著他從男孩轉為男人，成為世界上的唯一，了解他所有沒說出來的話、引出他內在的真誠渴望；也因為這種年齡差，更容易在無解的糾纏中，理解愛與救贖的簡單美好。」

「他們都因為遇見彼此，看見驚心動魄的未來，但也在乎彼此而失去了面對現在的能力，甚至以一種近於摧毀的破壞力，瓦解了從過去一直延續在他們身邊的既定秩序。」繞繞試著讓自己的解說不要太艱深。愛琳一下子讀透了小說裡的虛妄，無論是人生，還是愛情：「野陽就像小野洋子，成為蘭容的天堂。只能是她。只可惜，也因為是她，那樣濃稠黏滯的渴望，天堂就成為一種隨時都會摧毀的渴望。」

繞繞一邊講解創作技巧，一邊也趁這個機會，用虛構故事敲醒真實生活中的死腦筋：「不要淪為地獄就好了！遙不可及的天堂，就是小說中挺好的懸念。有時候，我們預先為小說鋪墊的底色，也許是新聞切片或生活瞬間，也許是你說的後設文本，更大部分的比例是，我們在真實人生裡的回溫，點點滴滴，包裹在虛構的安全網裡，無從設限地擴張滲透，直到我們得到自由。」

愛琳一向執著，沒聽懂「絕望愛情」的暗示，只覺得繞繞的小說思索，講得太好了，要求她寫成文字稿，發表在「小說拾光」私密社團。從來不曾嚴謹上過小說課的夥伴們，讀著這麼「有學問」的小說指南，在群組討論時，還是不斷岔題，每一種天馬行空的聯想，慢慢都發酵成無腦的笑話。只有曉慧特別認真，想著多進幾本《散戲》，可以在書店裡推薦，趕忙問：「這本書很重要嗎？是不是可以選做小說創作的參考範本？」

「還行吧？」被愛琳勾進社團的繞繞，不想誤導大家，很快又跳進圈裡解釋：「倒也不見得那麼重要，新手創作，選讀小說時，不必太計較經典位置。有時候，不那麼完美的作品，反而可以留下一些問題和縫隙，讓大家討論、思考，更能夠避免同樣的問題。」

繞繞自己都沒想到，竟然扮演起小時候的偶像「烏拉博士」，具體解說起關於小說的「一萬個為什麼？」。她不喜歡寫長文，卻還是聚焦在《散戲》，為這個青澀的小團體，寫了篇〈「主題」和「逆轉」〉，抓出逆轉時的小瑕疵，說明寫小說應該注意的關鍵：

平凡的我們，以為自己可以繼續在既定的秩序裡，安安靜靜地度過每一天。其實，真實生活裡的每一個碎片，都不用理會規則，所以才會有這麼多不可思議的瘋狂脫序，以及根本沒有任何道理可講的命運分岔。

可是，小說不一樣，一定得合情合理。無論我們有沒有聯想到小野洋子和約翰．藍儂，《散戲》裡的蘭容和野陽，仍然得遵照著性格的必然和命運的前後牽繫，比我們的愛、我們的記憶、我們反覆迴旋的傷痛和陷溺，還要更穩定地往前走，這樣，才能表現出清楚的主題。

跟著繞繞的引導，「小說拾光寫作會」的成員，陷入蘭容和野陽的衝突辯證，展開全書最強烈的「主題討論」。平凡的日子不可能聚焦完美，終將拖沓黏糊的，不斷不斷往前走，所有的邂逅、深愛和疼痛，漂流在不確定時間的回憶和傷痛、詮釋和修正。每一個小皺摺，都傳遞著不同的溫度、氣味和光澤，這些充滿滲透力的感悟，想要打動人，必須建立在毫無保留的純愛和無從迴轉的決裂。繞繞特別強調，一篇小說的「逆轉」，必須設計出一種穩固的支點，才能扛起所有時間的重量和情緒的負擔。

建立起這種在小說創作時務必要扎實地設計「逆轉」的基礎認識後，再回看《散戲》的衝突，由第三者發出造假的分手訊息，這樣就在錯過後各自走向悖離的人生方向，不但老梗，而且薄弱，掏空了愛情本質的信任和深邃，使得整本書的情感勾聯都鬆脫了，越看越不可信。

「這有點像八〇年代非常有名的小說《江月隨行》，在女主角月華的小世界裡，男主角阿江的一點波瀾，就能翻天倒海。」曉慧忽然想起來：「這樣天地共鑑的相知，只因為阿江生病，月華通知他媽媽，阿江就失望了，因為不應該讓媽媽擔心，寫了封『我很遺憾，竟然如此』的短信，月華就埋葬了這段感情，做為『逆轉』支點，感覺上，力量就不夠穩固。」

成員中的年輕世代，都沒聽過月華和阿江的超現實愛情，卻帶勁地討論起深刻的愛情，究竟要設計什麼逆轉，才能撐起力道！繞繞怕大家跑題，很快帶回小說，抓緊主軸，讓大家重新設想，如何為蘭容和野陽創造衝突？透過一個又一個故事人物的代入和抽換，大家感受到「填飽逆轉支點」的力量，才足以撐持故事轉彎。原來，就算是已經出版的作品，也可以這樣改寫、修訂。這些寫作討論和練習，讓每一個剛上路的新手，生出一些信心，「命名」設計，「底色」鋪陳，再透過「逆轉」表現「主題」。最重要的是，一篇小說能不能禁得起檢視的關鍵，無論是閱讀或創作，都是為了在真實人生找到一點點光焰和溫度，認真讀著、寫著，對所有命運的衝突和變化，保持敏感，合情合理地為「逆轉」布局和詮釋，才能在真誠觸動中，引出原來並不是那麼確定的體悟，才能精確通往小說的「主題」。

「小說的主題，不一定是積極、正向、陽光嫵媚。有時候，惆悵、無解、陰晴難測，更靠近人生的真相。我們也在這一點點、一點點的揭露和理解中，在真實的生活裡找到同理縫隙，用寬容和同情，接納一切的不圓滿。」繞繞在社團對大家做了最後提醒。關機後，又回到〈羅斯柴爾德〉，盯著愛琳的眼睛問：「要不要考慮換個素材？你得試著走出去非的魔咒。這些年，執迷在這些資料裡，你又得到了什麼呢？要不要藉著這個機會想清楚，選擇這個寫作議題，可以挖掘出什麼樣的意涵和主題？如果不能，就放手了吧！」

愛琳長期在校園裡做學術研究，性情越來越冷；繞繞在艱冷的環境過久了，習慣熱呼呼地過日子。透過這些小說對話，她們也在掏剖、檢視著彼此的生命選擇。從小習慣大院落的愛琳，遠避台東，還是選了個寬闊的 L 型紅瓦房，特別在短側翼的小院，修築出獨立的出入口，把鑰匙給了繞繞，方便她任何時間都可以自由出入，所以，繞繞除了在台北租了個小套房工作外，疲累時，大部分時間都飛回這個小院蜷縮犯懶。

不知道為什麼，生活一直很簡單的愛琳，從不曾簡簡單單睡一個「整夜不做夢」的好覺；總是在天涯海角團團轉的繞繞，卻可以在任何時間一躺，一覺就睡到天荒地老。愛琳常說，繞繞是燈，不知道從哪裡找來的這麼多電力，總是溫暖地大放光明。沒人忍心點破，這盞燈有時晦暗，有時故障，有時就睡在離她很近很近的地方，如恆溫動物冬眠。有時，繞繞睡飽了會打開門，大跨步走近愛琳，摟著她說：「你啊！真好，就像燈座，總是安穩地據在從來不曾改變的地方。」

她們從小學同桌後一路糾纏到現在，彼此都成為對方身上的附件。多年相處的方式，讓她們遊走在死黨、參謀、師友、糾察隊、么么九緊急救難的各種角色。無論是誰，只要切換到學生角色，就回到童年寫作業般一本正經地認真著，一點都不敢偷懶。

繞繞飛離台東後，愛琳還困在「繞繞小說家教班」裡，思索著這些年，自己到底是怎麼了？去非照著他的計畫，用藝術做高端包裝，分別在中國、荷蘭、加拿大，建立起他的家族事業，她的研究，無論走到哪裡都不再和他相關了。早些時總是想，羅斯柴爾德的研究，就是為了替他發現侷限和補救，放到現在的真實人生，早已成為荒謬的藉口。

去非扎實地建構起自己的經濟文化小王國，她卻不能自拔地沉溺在羅斯柴爾德家族這兩百多年的虛幻時空。這個孤立的家族，在封閉的家訓中分岔出各種可能，像一種不能戒拔的癮，不斷蠱惑她繼續鑽研下去。

除了法國頂尖酒莊，從英國的艾爾斯伯里谷到義大利的里維耶拉，羅斯柴爾德家族建造了無數房屋；在南極洲，甚至有一個島叫「羅斯柴爾德」。在以色列，以家族成員的名字命名的城鎮和街道，數不勝數；蕭邦和羅西尼為這個家族譜寫過樂曲；巴爾札克和海涅為他們寫過書；家族收藏享譽藝術界，也以賽馬的顯赫戰績名震賽馬圈。累積了財富之後，他們開始對動物學和園藝學世代痴迷，自然界多達一百五十三種或次種類的昆蟲頂上了「羅斯柴爾德」這個名字；此外還有三種魚、三種蜘蛛、兩種爬行動物、五十八種鳥、十八種哺乳動物，以及十四種植物，包括一種罕見的拖鞋蘭和一種火焰百合，同樣擁有這個名字，她竟然為了這些物種去學素描，專心建立圖鑑，埋進這些不眠不休的辛勤裡。

曾經她以為這樣活著很安全，有事情可以忙，剛好排滿每一個空蕩蕩的日夜。現在想起來，其實也活得虛妄而徒勞。對著稿件發呆，愛琳忍不住自問：「究竟，我是為了什麼意涵和主題在寫作呢？」

回到「小說拾光」私密社團，看著大家熱情的討論，零零碎碎，搖搖晃晃，卻也在岔來岔去的分歧中，慢慢導向情緒的出口。每一個人的小說，只要找到開頭，寫起來就輕鬆得多。大家的感情在這些對話中慢慢改變，有一些人變近了；有的還是很客氣；有一些人像自己，始終站在遠遠的河岸上，看著所有流離而不確定的風景；還有一些人，不知道為什麼，就是可以活得很簡單，不需要太多理由，就可以開開心心熟起來。

她看到群組裡的紫燕，想辦法找到幾十年前的老連續劇《一翦梅》，約了懿娟、阿靜湊成「純愛三人組」，相約在「誓言畫室」看復古的純愛，隨著想愛而不能愛的劇情推移，她們先後貼出來的小說段落，跟著流光走廊，回到一種非常老派的感情嚮往，犧牲、等待、成全，然後靜靜感受著別人無從參與的馨芬。懿娟在開賣最初搶到三張費玉清加演的最後告別演唱會，吆喝著大家在炎熱的盛夏擠進高雄。阿靜很遲疑，她走不開，必須照顧母親。這種小問題當然難不倒懿娟，她預約了安養中心的床位，跑了趟東河，接了阿靜母親，笑著哄她：「就當作去度兩天假。」

阿靜一直很少話，拗不過懿娟一邊推拉、紫燕又一邊拉，三個人在深夜，隨著「經典老歌」、「閩南情歌」和「新世代流行曲」的清亮歌聲，把紫燕的故舊懷鄉和阿靜漏接的世代翻新，慢慢兜攏起來。襯著大螢幕的美麗草原，看見台灣，也照見自己的一小步又一小步。愛琳讀著阿靜發表的小日記，看她在高雄過了一夜，懿娟訂的三人房，兩個平常自由自在的人還熟睡著，只有她抽離照護義務，難得地，在清晨發著呆，細細碎碎在「小說拾光」私密社團裡寫著：

安安靜靜地陪伴母親十年，忽然身邊多了兩個朋友。

聽著〈十年〉裡的歌詞：「十年之後我們是朋友，還可以問候」，有一種款款的溫存在靜靜回流，不知道十年之後，還有誰會待在我身邊？

十年後，她們還會待在我身邊嗎？愛琳第一次生出和大家親密相依的錯覺。這是她在繞繞之外，從來不曾感受到的眷戀。這半年來，大家在什麼都不懂中跌跌撞撞，各自用不同的方法，靠近書寫的渴望；幸好也都在辛苦嘗試中找到突破點，好不容易寫了點進度，就會相互讚嘆：「哇，我們變成小說家了！」

第三次聚會，小珍跳了進來，腳踩著 Fila 年度風雲球鞋 Disruptor II，翻玩著歷史元素大膽創新，以水晶般閃耀的亮銀色打造鞋面，勾出復古的街頭個性，完美詮釋出義式工藝的時尚美學與細緻手藝，側邊獨有光刀剪裁，銀光鞋舌燙上「Made in Italy」字樣，展現出極致奢華的華麗感，ＦＩＬＡ三原色精緻刺繡的 logo，在銀光閃爍中分外耀眼，讓她不住炫耀：「我爸訂的！剛到，全球限量三千雙，台灣只進了一百雙唷！」

「重要的是，小說寫到哪裡啦？」あきよし故意作勢要踩她的鞋。她慌忙閃避，極度保護著嶄新的鞋面，笑著求饒：「寫很多了啦！都寫四千多字了。」

「嘿，我寫得比你多。」小羅寫的是小短篇，每篇只要一千兩百字，開場就是電競大賽的最後五分鐘，接著特寫奪得大獎的輝煌現場，再深入描摹英雄聯盟世界的召喚峽谷，以及讓人意想不到的必殺技，又寫了英雄轉身後和召喚師的拉鋸，他開朗地笑：「寫五篇，六千字啦！あきよし哩？」

「兩萬多字了。」每天寫個幾百字，已然變成あきよし開店前的小儀式。寫著寫著，好像和自己的文字連結出親密的感情，每天一打開眼睛就盼著開機，直到觸摸著鍵盤，寫幾個字，心才慢慢安定下來，簡直像一場以前不曾想像過的純愛。她們搶著看葉爸的東京情事，異國的魅惑，音樂的迷離，美得像藝術電影，沒人看得出來，稿子裡藏著甜美又悲傷的疼痛，只有他聽得見的人生倒數。

讓大家最吃驚的就是三個看起來最簡單的純愛小組，交出了最亮眼的進度。紫燕改寫的浪漫言情，有個非常有趣的題目，每個人一讀到〈燕子飛去，鵝歸來〉，忍不住都笑了。小說中的髮型設計師，除了洗髮、剪髮、整髮之外，簡直一無長處，生活中少根筋的「壯舉」，多得不可勝數，找了老半天的剪刀掛在耳上；剛領了薪水去買份報紙，報紙拿了，整包薪水就掉了，可憐兮兮地吃了一個月的乾麵包；好不容易生活多了點色彩，剛收到情人打工半年後排隊買到的限量版圍巾，還沒走回家，就不知道在哪裡掉了，害她一路回找一路掉眼淚。紫燕沒想到，年輕時一段又一段難熬或疼痛的傷心蠢事，在生活安定後回想，顯得這麼滑稽又帶著惡趣味，就像兒童故事。就在大家搶著嘲弄「你是鵝、還是燕子」時，她喜孜孜地分享：「我兒子問，這是小說嗎？不是在寫歷史吧？挺寫實的，將來有機會出版，封面就用他老爸畫的那幅一百號的〈飛〉，超可愛的一隻大胖鵝，畫就在大廳，大家有印象嗎？」

不知道是因為純愛小說看多了，還是將近半年的醞釀，確實讓大家慢慢找到書寫的樂趣。懿娟的超迷你小小說〈月光海〉已經完成了，她開始許下宏願：「乾脆我來寫十二篇〈月光海〉好了，從一月到十二月，呈現一整年不同的地景風貌，也凸顯出人事的變換和成長。」

讓人最驚奇的是，一直說不知道該寫什麼的阿靜，交了篇〈山路〉，開頭就寫得好精彩。從小菊最要好的同學，登山發生意外後寫起，無邊無涯的悲傷，像黝不見底的深淵。她想要爬起來，想要靠近陽光，決定在那年春節，代替同學未完成的人生，選在大年初二探訪同學的母親，陪她回娘家，重溯一段她一直想要參與而又來不及參加的人生解謎。

小說的場景，在幽靜中慢慢行進，有點像日本電影。小菊坐在車子裡，山路漫漫，繞出和同學重疊過的往昔。讀著稿子，大家才知道，原來客語的山路迴旋，竟然叫做「繞山花」，美得不得了！真沒想到，平常不怎麼吭聲的阿靜，勾勒得出這麼強烈的客家纏綿？她漲紅了臉囁嚅著：「這是我阿婆的故事，常聽母親說，從小一直聽、一直聽，都快以為是發生在自己身上的故事了。」

大家起鬨著，硬要阿靜唱一首客家情歌。她紅著臉，不說話，空氣冷了下來。人人晾在不上不下的尷尬中，反而是阿靜不好意思，主動打破沉默，輕輕唱了起來。起初很小聲，沒人聽得懂，慢慢唱順了，聲音放大，音樂裡的甜軟纏綿，一時，讓大家都聽傻了：

桃花開來，菊花哪裡黃？阿哥毋見心毋涼。阿哥雖然別人哪子，卡遠看到心就涼，好正好，卡遠看到心就涼。

「世間大部分的人，都貪愛精美的桃花，桃之夭夭，薄脆而短暫，哪裡看得到安安靜靜的小菊花呢？日久天涼，桃花消失了，菊花始終堅忍地等待著，天寒歲冷，心裡卻還是火燙的，忐忑，焦灼，熾熱，直到那人看見了我。」隨著她的解釋，大家慢慢跌進一向都很陌生的客家情懷，聽阿靜輕輕吐著痴傻的等待，如她在小說裡糾結纏繞的山路：「遠遠的，就算不愛也無所謂。就這樣遠遠地看一眼，知道他時日安好，平凡如小菊花的我，也就安心了。」

大家都聽傻了，連最喜歡聽故事的あきよし都忘了鼓掌。葉以煌點了點頭，心裡很感動。阿靜常年待在母親身邊，陪了十年，可能是難得還能唱講客語、唱客家歌的年輕世代。他想起自己的童年，講母語要罰錢，後來連布袋戲都改講「國語」了，他們像被剪掉舌頭的鸚鵡，來不及學會「阿嬤的話」。大部分他們這個世代的人，都是到了海外才開始「學」台語。

愛琳無從想像，「葉以煌們」經歷過什麼，只是看著阿靜的改變，心知肚明，想要在小說裡拾起光亮，要學會仰望生命源頭，把自己整理清楚，接納了前世今生所有的糾結和渴望，才有機會往前走。她真的不想再繞來繞去了。可是，到底要學會什麼，才能為自己看起來很簡單、其實累積了太多從來不願意清理的黏稠混亂，注入一點點空靈的洞察？

究竟要怎麼做，才能飄離往昔，擁抱美好，無所要求地活在當下？她決心，寫好這篇小說，並且要想清楚，接下來該走向哪裡？

曾經同行

繞繞喜歡滑手機向愛琳報告「小說拾光」私密社團的現況發展，幾乎沒什麼朋友的愛琳，也被馴養成打開電腦就進去點閱紫燕、懿娟和阿靜生活小日記的習慣。連她自己都沒察覺，有一種小小的渴望，想加入這個純愛小組，跟著她們抱團孵養著「簡單生活」的可能，讓她稍稍遺忘時間暴徒敲門時，那種瞬間讓世界停止運轉的驚悸。

七夕前，「小說拾光」私密社團變得很熱鬧，月牙兒在空中抽長，每個人的願望隨著電視裡各種情人節的廣告，反覆被烘得柔柔的、軟軟的。懿娟耐不住引誘，率先點燃引信：「這次聚會，提前到七夕，活動地點改到我家，好不好？我生日，請大家邀家人來聽聽我們的小說發表，也算作業檢查，大家一起過個不一樣的情人節。行吧？」

「清子很久沒出門了。我試試。」第一個回應的是葉以煌。一顆心高高吊在喉頭的懿娟心情一鬆，忍不住回了個笑臉，再貼個五體投地的敬拜圖：「請容我得寸進尺，家裡有平台鋼琴，可以現場演奏嗎？」

「沒問題，別嫌我獻醜就是。」葉以煌一回；小羅立刻貼了幾張很拙的 3D 小偶：「好看吧！我畫的貼圖，有沒有注意到，都是我的小說角色，葉爸可以搭配這些角色，幫我彈一首 Encore 曲啊！」

笑臉圖越來越多。還有人起鬨：「女朋友來不來？」

「很想來啊！暑假超級忙，來不了！」小羅看起來沒什麼遺憾：「冬天吧！那時候咖啡屋休三個月，讓她來替大家煮咖啡。」

「演奏曲目可不可以也選幾首鋼琴和小提琴協奏啊！曲目簡單一點唷！如果醫生同意，我想帶媽媽去。」小珍跳了出來。阿靜貼上哭哭小熊：「真好！我媽去不了。」

「我沒有媽媽。」あきよし加貼七個哭哭小熊。紫燕立刻接：「我小孩跑了，你來住我家，冰箱裡還冰著用都用不完的母愛呢！」

あきよし丟了個動態的「戰鬥小雞」圖，看起來是立志要把愛一把搶空。紫燕真幸，沒答應那個臭小子，把他勾進社團，這才讓她自由自在地暢所欲言：「阿世再不回來，到時可真要『跪求』真愛了。」

「看起來像要辦 Party，我們需要準備什麼嗎？」曉慧很實際。懿娟立刻貼了一大堆小動物圖，或躺或趴或抓頭或矇眼睛，每個貼圖都只跳著兩個字：「N，O」！

「記得攜眷參加唷！七夕嘛，總是要喜慶一點。」懿娟反覆在呼喊，簡直企圖把小說會辦成情人節。喜慶嗎？林承安在醫院得閒，滑開手機，看一堆熱鬧的訊息，在小小的空檔裡發著呆，人已上線了，卻還在反覆猶豫，要不要帶著妻兒出席？不知道為什麼，先浮起愛琳的側影，一會兒腦子裡響起學姐的聲音：「感性是大忌！」本能想關掉對學姐若隱若現的想念，拚命提醒自己，安穩的家多難得！平安喜樂，是不是最符合喜慶氣氛？不知道從什麼時候開始，他竟然想躲在「平安喜樂」的面具背後？他苦笑，搖搖頭慢慢打字，藉機會燙平混亂的心：「安安會帶平平，牽著阿喜，加上一隻樂樂小鯨，平安喜樂一家，上門賀壽。」

留言剛打好，他就後悔了，還惦著要不要刪除？這時，醫院緊急傳呼，他趕著處理病人。這一忙，忘了把留言送出去，平安喜樂上門賀壽的安穩日常，只安安靜靜存在手機裡。

何愛琳最矛盾，她不喜歡這些慶祝活動，尤其是「生日」啊、「情人節」什麼的，年輕時在校園，還盼著去非為她做點什麼，他卻總選這些特別的日子出國研習。幾十年來，她早習慣生日當天，只和爸爸通個電話，真實生活裡的人際連結，除了繞繞，沒有別人。可是，從小到大，她從不曾在學習課程請過假，無論病得多厲害，從不休息，總是用驚人的意志力撐到最後。這個七夕，是她最不喜歡的慶生、聯誼和家族活動，但也是她不想缺席的「小說拾光」作業發表，能夠無故缺席嗎？她好矛盾。一直等不到愛琳浮出水面，也被勾進社團的繞繞忽然冒出來：「我是愛琳的拖油瓶，我們會到，兩個人唷！」

看著緊跟在繞繞發文後的一大堆歡迎圖，愛琳覺得心煩，隨手把社團頁面關了。繞繞立刻敲她：「嘿，開心一點嘛！情人節沒情人，很悲摧耶！到哪一家餐廳都被排擠。乖喔！我會提早飛回去，快寫作業，小心我要檢查。往好處想，沒有情人，我們也可以一起過親人節嘛！」

沒有情人，也可以一起過親人節。這幾個字，讓愛琳心裡一陣暖，不再和繞繞生悶氣。想到作業檢查，認命地拿出重寫的稿件，小心檢查是不是還有Bug？她的小說題目，從〈羅斯柴爾德〉改成〈玫瑰〉，根據小說命名的講究，Rose的諧音可以對照Roth，既然是Roths「child」，就從兩個孩子的相遇開始。

她想起懿娟抓在手上那兩張油膩膩的「兩百年蔥油餅」，忍不住皺著眉笑了，決定壓縮時間軸線和人物框架，從梅耶．羅斯柴爾德的喪禮寫起。不知道是因為「巧合」、還是「必然」，最初陪梅耶起家的那枚古錢，滾啊滾地落進棺內，剛好被七歲的小玫瑰看見，她拾起來，放在掌心，悄悄溜出門，在院子裡跌倒，巧遇前來協辦喪服的布商小少爺海涅，被他長手長腳抱起，放在一株玫瑰花下後溫柔問：「你叫什麼名字？」

「我叫玫瑰。」她左右看了下環繞在她身邊的玫瑰，下巴一揚，非常驕傲，那是她出生後，爺爺讓人在她住的小院子種下的五千株玫瑰。海涅長得纖細清雅，十五歲，微帶著靦腆的純美，笑起來像玫瑰怒放。他覺得這小女孩很頑皮，好笑地順著語尾：「嗯，真好聽，我叫玫瑰旁邊的綠葉。」

他輕拍了小玫瑰一下，就匆匆離開。臨行前那淘氣又無奈的眼神，一直印在玫瑰腦海裡。很快，人就走遠了，始終沒聽到她著急地喊：「喂，你到底叫什麼名字？我真的叫玫瑰啊！」

沒幾年，拿破崙崛起，玫瑰跟著家人到瑞士避難，關在羅斯柴爾德的城堡裡。根據家訓，總有一天她得和某一個出色的堂哥結婚。不知道為什麼，她就是很不滿，只能把當年從爺爺棺木裡拾起來的古錢，串成項鍊，日日戴在項前，無意識地磋磨著，日久都帶了點溫潤的光華。她握著古錢，微微嘆了口氣，知道那偶然出現在羅斯柴爾德大院的清亮影子，終將成為路人。

就這樣，海涅遠離她的世界，越走越遠。根據家族傳統，他在商業學校受訓，為商職做準備，因為對財務往來既沒興趣又沒天賦，輾轉又繞到叔叔家的銀行工作，接受經濟資助。直到疼愛他的叔叔用他的名字張羅出「哈利布行」，還一路為他憂慮，至死仍惦念著：「假如你能學點正經東西，就不用寫書了。」

「哈利布行」破產後，海涅不顧勸告，遠行讀書，享受著好不容易得來的自由。先在波恩大學、格廷根大學，後來又轉到柏林大學。在柏林，他跨進恩澤夫婦家的文學沙龍時，忽然看見，當年那個小女孩長大了！披著捲捲的長髮，像維納斯乘著貝殼從海底升起，他一時有點發傻，原來，晦暗中有一朵花，等待了億萬年，沒有早一刻、沒有晚一刻，就在此時此地，在他眼前釋放。

仿如電光！就這麼一瞬，徹底將他刺透。

玫瑰遠遠地、遠遠地凝望著從她七歲開始，不斷描摹出來的這抹影子，或者更準確的說，她唇邊浮起淡淡的微笑，一片玫瑰旁的綠葉。他站在她身前，會說，會笑，甚至痴狂地向她靠近，半蹲下身，捧起她的髮，輕輕一吻，為她讀詩，一首又一首情詩為了她，很快結集。

很快，他決心重返格廷根大學學習法律，繼續寫詩，出版《還鄉集》，收納她的光和熱，無止盡傾吐著，她就是他的原鄉，他也想成為她心中永遠的歸鄉。取得法學博士學位後，海涅確信自己可以給她過上好日子，興高采烈地向玫瑰求婚；她的千言萬語都不知道從何說起？只從項上取下古錢項鍊，交給他，眼底的悲傷，帶著抹無論任何詩句都描摹不得的美麗，連刻意拉開的微笑都飄忽起來：「送你。無論你要保留還是丟棄，請你記得，這是爺爺的好運。和你相遇，我一生的祈願和等待，先把爺爺的好運用光了；現在，由你接棒，希望你會有新的好運，我們都是爺爺守護的有緣人。」

後來，海涅在社交圈裡聽到玫瑰的婚禮。他震驚到沒法參加，且醉且行，離她越來越遠。繞繞讀到這裡，幾乎無法接下去，彷彿在海涅的故事裡看見愛琳的傷口。她站起身倒了杯水，隔了好久，才重新拿起稿件，看海涅把在玫瑰婚前寫的詩集彙編成《旅行記》，他們相遇、分開，不過一場在這廣袤世界的一場不大不小的旅程，彼此都是過客，誰都成不了誰的歸鄉。

海涅從英國回到漢堡，《歌集》的出版，奠定他抒情詩人的傑出定位。他對愛情的頌歌，從此出現反覆迴旋的主調，那麼多的「鮮花」和「電光」，強烈而短暫，從題贈給情人的愛戀、對兩位堂妹的懷念，再到與妻子和最後對情人的吟唱，都像黯淡的玫瑰，讓人唏噓惆悵。他成為作品被翻譯得最多的德國詩人，最廣為人知的那首詩，留在孟德爾頌譜成的〈乘著歌聲的翅膀〉。繞繞輕輕唸著愛琳從英譯本轉翻的歌詞：

乘著歌聲的翅膀，親愛的，隨我前往恆河岸旁最美的地方
花園開滿紅花，月亮折射光華
玉蓮花在等待，等著一個小小的小妹妹

玉蓮花在等待，等著小妹妹
紫羅蘭微笑的耳語，仰望著明亮星星
玫瑰，悄悄吐露著芬芳
溫柔可愛的羚羊跳過來細聽遠處恆河的波濤喧囂，遠處那恆河波濤喧囂
想和你雙雙降落在那片椰子林中，享受著友誼和安靜
做甜美幸福的夢，做甜美幸福的夢，幸福的夢……

唸到這裡，孟德爾頌悠揚的〈乘著歌聲的翅膀〉，飄盪著玉蓮花的花語，永不凋謝的愛，恍惚如夢；玫瑰吐露的芬芳，永遠都成了一場遙遠的夢境。她眨眨微濕的眼，抱著愛琳：「好棒啊！盪氣迴腸。有真實、有虛構，真實和虛構又糾纏出層層疊複的連結，點到而止，讓人反覆迴旋。不但濾盡了羅斯柴爾德的銅臭，也把你牽戀了一輩子、又心知肚明永遠打不破的帝國枷鎖，描寫得很淡，卻很感傷。不過，還是有Bug，前面戲分那麼重的那枚古錢，到哪裡去了？」

「我不知道還要不要寫下去。」愛琳想了想，才慢慢解說她讀到的歷史：「海涅最後得了多發性硬化症，在他的『床鋪墳墓』癱瘓八年。我本來寫了這時候的他，開始冀望羅斯柴爾德老爺爺的好運，把價值連城的起家古錢輾成粉末，做成玫瑰香水，每天一點點、一點點，撒在床枕間，往事已矣，能夠呼喚出想念，留一點餘夢也好，後來又覺得寫重了，不太喜歡，想想還是刪了。」

「你說的是你，還是海涅？」繞繞偏了頭，想了想，還是問：「你想入夢的，是玫瑰？還是去非？」

「海涅說，金錢是我們時代的上帝，而羅斯柴爾德則是上帝的導師。很多人都認為，這是選錯邊的海涅，對羅斯柴爾德財富的反諷。」愛琳苦笑起來：「我卻覺得，他心中的羅斯柴爾德，只有玫瑰。就像去非渴望的經濟帝國也不是財富，他找的是安全感。我提供不起，還提什麼夢呢？就算入了夢，也只剩相對無言。」

她們在七夕夜裡並肩走著，聊起沒有結局的這篇小說，愛琳忽然說：「繞繞，謝謝你。如果不是你強迫大家，想清楚我們究竟為了什麼在寫小說？我就沒有機會，在文字的糾結和纏鬥中，努力把自己的綑縛解開。」

好像為了迎接這場難得的盛會，每個人都加速在整理自己。林承安憑著執業本能，知道自己出狀況了，刪了手機裡還沒發出去的留言，強迫自己關在諮商室寫量表，回到最習慣的軌跡，一個人，帶著點重整生活的勇氣出現。一向很有主見的曉慧，勾勒出大家從青澀、摸索到熟悉的過程，她的書店故事，以大家的交集和撞擊做原型，混入多年來她坐在書店裡看到的人和事，並且極有智慧地和大家分享，她發現小說創作就是一段「仿生人」的再生過程，我們都在別人的故事裡，注入自己關注過、感動過，大部分也受傷過和疼痛過的靈魂。

小珍、あきよし和小羅，忠誠地跟著葉爸，形成一個充滿活力的「葉爸書屋」，每天寫作業，至少得寫個幾百字向葉爸繳作業。小珍的羅馬小散步，清靈如珍珠，讓人無端相信起歲月安好；あきよし的玄山，容納了越來越多的考驗和修煉；小羅擺盪在大場景和小程式，寫得搖搖盪盪，喜歡在貼稿子時加上很多小動畫，在文學故事裡加一些電腦小課程，混著豐沛活躍的生命力，讓人看起來就很開心。

到了懿娟家，院子裡好大一棵美人樹，不知道用了什麼方法，提早開花了，樹葉落盡，只剩下全心全意在燃燒的一棵花樹。燈打在花瓣上，像あきよし創造出來的玄山聖境，或者是葉以煌寫的表參道下雪了，美得像清純的粉彩畫。

出發之前，大家都以為，懿娟一定會像天界王母娘娘般，雍容華貴地展示無瑕的幸福；沒想到，一進門就看到她蹲在烤爐前，和兩個孩子一起烤肉，幾綹長髮落在額前，頰邊沾著灰，人間得不得了。紫燕開了視訊，讓阿世一起參與這場趕不上的繁華，聽他酸溜溜的哀嚎：「行啊！沒了我，你好像過得更幸福。」

「我也更幸福了耶！沒了你，我們都更好。」輝璧擠了進來搶話。阿世開朗大笑：「回來啦！有沒有被我媽煩死？」

「怎麼可能？你媽超可愛。」輝璧一說，阿世就怪叫：「撈過界了吧？那我得趕緊祝福你，被你媽煩死。」

「她敢？」輝璧眉一挑，聲音瞬間冷凍，接著一笑，空氣又融成烤爐：「就是我弟討厭了些，很黏，超級黏。」

「哪有？」姐姐回來參加七夕聚會，阿璞特別高興，也不多和她計較，抓著手機猛叫：「阿世哥，快回來！到底還要等多久？」

聽著大家亂丟話，曉慧和阿靜相視一笑，她們平常都不多話，難得趁這個夜，聽聽不同個性的每一個人，極具特色的接話風格，聽起來特別有趣。曉慧以前總覺得紫燕有點害羞，恨不得把主持棒子丟出去，大家都別注意到她最好；深入相處後才發現，她有一種很容易開心的本事，讓人卸下負擔，跟著她沒腦地快樂著。她想著是不是可以花更多時間，跟她在一起，聽聽她的故事，探詢「小說拾光」發起的源起，說不定，這是一個更動人的小說素材，比她的書店故事更要立體；不過，也可以在原有的故事框架裡，加深一、兩個主要角色的心情特寫，她抬眼看看懿娟，這個平常看起來很嬌氣的貴夫人，應該也很值得深入書寫。

此時的懿娟，只是個心甘情願的母親，看著兒女和遠方的阿世透過視訊，吵吵鬧鬧，這樣就夠她開心了。沒有人知道，七夕聚會前，懿娟到學校去找輝璧，放下母女倆僵持已久的高姿態，軟著聲音問：「這麼久沒回家，不想念弟弟嗎？」

「你想幹嘛？」輝璧抱著雙臂擱在胸前，冷冷地盯著這個不斷出新招、搞得他們都沒有私密空間的母親，小心保持距離，以免不小心又跌入陷阱。懿娟抿了抿唇苦笑：「不知道從什麼時候開始，我就不再是你最愛的偶像了。」

一看到女兒挑高了眉，懿娟搶著說：「你別擔心，不是你，是我的問題。我不想和你吵架。你爸每次趁開會來看你，都不和我說說，你們講了什麼、你過得好不好？我當然難過，慢慢也接受了，要不然，又能怎樣呢？」

看著女兒面無表情，根本沒打算接話，她只好自己接下去：「這一年，我開始寫小說，寫著我和你老爸的〈月光海〉呢！回想起和你差不多年紀的我，是怎麼被你爸寵著、疼著，一股腦兒快樂著。怎麼知道日子過著過著，不鹹不淡的，就這樣老了。送阿璞去畫畫，忽然特別難過，阿世她媽，看起來不動腦子，也沒什麼好學歷，卻輕輕鬆鬆飛過那麼多國家、做過那麼多事，還有一個那麼懂事的阿世，我忌妒她，卻說不出口，誰叫她是我的朋友呢？是朋友，難道就不能討厭嗎？」

「不能。」悶不吭聲的女兒終於發聲了。懿娟苦笑：「是啊！真不能。我只能藏著、掖著，專心給自己過不去，更一心一意要展示你們兩姐弟，當作是我的成功。那陣子，你不說我也知道，因為我不好過，應該也把你整得很慘吧？」

「幹嘛？別肉麻了，我不習慣聽你說這些。你該不會是參加什麼邪教吧？」輝璧表情稍微柔軟了些，嘴巴還是不饒人。懿娟白了她一眼：「我在寫小說。寫，作，會，懂吧？參加的都是文青，多的是和你差不多年紀的年輕人。」

「最好是。」輝璧眉又挑起來了，懿娟怕好不容易培養出來的氣氛被自己破壞了，趕緊深呼吸，調整一下情緒才坦白承認：「好啦！一半、一半，有年輕人，也有年紀大一點的，但大多在三十前後，不騙你，你可以回家看看。我們下一次的活動辦在七夕，想在家裡烤肉聯誼，發表作品，順便讓一整年一起寫小說的朋友們，相互認識一下彼此的生活圈。」

「不去。」輝璧很乾脆，從小她就討厭被當作展示洋娃娃般的家庭聯誼，可不想再被拎回去，替老媽努力經營出來的「家庭幸福」蓋章背書。懿娟有點失望，還是勉強抬起頭，抬高手上的蛋糕小盤對心愛的女兒笑了笑，「我猜也是。你長大了！來，吃蛋糕，生日快樂！你願意和老媽吃個飯聊聊天，我還是很開心。」

生日快樂？輝璧揚起眉，忽然想起，老媽七夕生日。長這麼大，第一次看她這樣遷就，說真的，還有點不習慣。慢慢地，從心底湧出一些疼惜，嘴巴還是不習慣表達感情，只是不安地問：「老媽，你還好吧？」

「好得不得了！」懿娟大聲喊了句口號，替自己打氣，一會才放低聲線自我解嘲：「前陣子，剛完成〈月光海〉，覺得自己和別人的進度相比，遙遙領先，厲害得不得了，很快就放話要寫十二篇。沒想到寫著寫著，一年的三分之二都快過了，才發現連第二篇都很難完成。早知道寫個春夏秋冬，不就很輕鬆嗎？現在才發現，我常常高估自己，動不動訂一個龐大的標準，自己做不到時，就遷怒別人不配合。直到在寫小說時，書寫變成一個人的事，深夜沒人，一次又一次面對自己，寂寞成了最好的朋友，在夜暗裡透過文字，找到你爸、找到你，找到你弟，你們都是我生活裡最美好的光，可惜，以前不知道，當然更不可能讓你們接收到了。」

「討厭啦！最不喜歡你來這套。」輝璧抿進了唇，沒說話。等了半晌，忽然說：「等一下我有課，你快回去。七夕我會回家看弟弟。記得準備烤肉，我要吃透抽。」

懿娟一愣，很快就笑彎了眼睛：「知道，知道。妳弟弟會很高興。」

「最好是！」輝璧的背影，很快融入人群，遠遠傳來忽隱忽現的聲音。果然，等她回到台東，最開心的就是阿璞了。跟前跟後，急著和姐姐分享剛收集到的寶可夢無敵神物，滿手都是阿羅拉地區生態保護者基格爾德、空中霸主裂空座、創造世界的大破壞神阿爾宙斯和至高無上的傳說精靈究極奈克洛茲瑪。熱鬧的院子裡光聽著這兩姐弟打打鬧鬧：「無聊耶！」、「煩不煩啊你」、「你最好再幼稚一點。」……

葉以煌幫清子在主屋廊下找了個位置，讓她舒服靠著，看這一片繁華。清子久未出門，雍容的氣質，還是讓人眼睛一亮。あきよし端了把椅子靠過來，兩個人在角落裡小聲地用日語交談，清子久沒說家鄉話，稍有點卡，あきよし離開日本幾年，想不出的用語就往頭上一敲，日語自然流了出來，逗得清子笑彎了眉眼。很久沒聽到清子的笑聲，葉以煌很開心，坐到平台鋼琴前，試了幾個音做了微調，準備為小珍的朗誦伴奏。他找了《對心愛地方的回憶》的鋼琴譜，樂音響起時，清子停下話，轉身凝視葉以煌，他微微一笑，知道有清子在的地方，就是他心愛的地方，那皺紋、那白髮，美得讓四地幽暗都變亮，好像此生一切都值得了。

小珍帶著媽媽坐在美人花樹下，兩個人穿著 Flower MOUNTAIN 最新的野薔薇母女鞋，彩色花面球鞋加上白鞋帶，呼應著她們身上的雪白棉長衫，同樣在裙角開了圈纖巧的野薔薇。她站起來，像一株野薔薇，任性而縱恣地從野地冒出來，精靈般的清脆聲音，朗誦著爸爸和媽媽最甜美的蜜月：

在羅馬，他們手牽著手，一輛又一輛車呼嘯而過，宛如時間錯身，和他們兩不相干。沿著安靜的樹籬，轉了個彎，大理石和花崗岩雕鑄的六柱牆面，高高擎起噴泉，糖蜜般滔滔清湧的泉水，流進半圓形的淺池，半獅半鷲的怪獸與兀鷹，高踞柱頂，隨時可以向下掠奪每個人希冀的幸福。他擁緊身邊心愛的小女人，蒙住她的眼睛，讓她聽清泉的流淌、月光下的蟲鳴，以及他丟下銅板許諾時，那樣清脆確定的願力，他收緊了手掌，強烈地請她相信，一輩子，再不會讓她看見噩夢般的人間。

小珍的聲音很乾淨，乾淨得快要讓媽媽忘記了，她這輩子的噩夢，也是因為那位許她美夢的月光下的男子。人生啊！如果走到最後只剩下美麗，這樣活著多安心。她看著遠方的海域，寧靜得像一場夢，真希望就在此夜，可以沉入最美的夢境裡，永遠不需要醒來。小珍在她身邊，拿出 Giuseppe Lucci 1972，溫潤的琴身摩過臉頰，向葉以煌點了個頭，用前所未有的甜美，合奏起〈冥想曲〉的深情、〈詼諧曲〉的輕語，一直到〈旋律〉浮起時，很累很累的媽媽，就在浮動著的無限餘韻中睡著了。

小珍蹲在她身邊，偎靠著她的臉，無聲流著淚，一地的裙襬攤成或近或遠的野薔薇。葉以煌輕奏起〈乘著歌聲的翅膀〉，送她一個美麗的夢境。繞繞驚奇地看向愛琳，怎麼這麼剛好？愛琳笑起來，嗯，這不就是極端物理的「同時性」嗎？也許可以在書寫海涅的古錢香水瓶時，烙刻上「歌聲的翅膀」，當作最後的告別。這時，葉以煌抬起頭對她笑：「記得上次你提出來的稿子，提過德國詩人海涅嗎？那時我就想著，什麼時候把這首詩送給你。」

「原來是特別為我準備的 Encore 曲。」愛琳一笑，深深覺得，這世間沒有偶然的巧合，只有必然的人情聯結。小羅浮起淘氣的笑窩，搶著問：「哇，那我的小說角色 Encore 曲哩？」

那樣天真的神情，逗得清子笑了起來，葉以煌真高興這段「小說拾光」的日子，可以和最心愛的人在最心愛的地方同行。看著清子，他為小羅即興彈起德布西〈古怪的拉威奴將軍〉。他很少演奏這麼輕快的調子，清子笑得歡快，他加彈一首〈小黑人〉，最後又轉回細膩纏繞著的〈阿拉貝斯克〉，勾繪著心裡所有說得出和說不出的眷戀和纏綿。

樂音停下，映著淡淡的月牙，因為擁有彼此，大家都拾起了屬於自己最美的時光。他起身向大家告別，清子休息得早，あきよし和小羅跟著也起身同行，說要陪他們一起散步回去。清子悄悄抹去眼角微微滲出的淚，這就是她所珍惜的ひろ，走到哪哩，總可以吸引到一群溫暖安靜的朋友。

在真實的人生舞台上，他從來不是衝鋒陷陣、打死不退的「第一選擇」。就是這一點、那一點淡淡的溫柔，把她破破碎碎的心，慢慢縫拾乾淨，像無聲無色的Hero，只有珍惜著被他珍惜的一點一滴，才能感受到活著的溫度。多少年來，她反覆聽著《對心愛地方的回憶》，從停留在〈冥想曲〉的舊愛傷痛，慢慢在ひろ的〈詼諧曲〉中找到出口，越來越相信，他們會攜手在〈旋律〉的和諧中，拾起微光，慢慢走下去。

生命衰頹，是最後的祝福，讓她學會珍惜這一點點又一點點的光亮。這陣子看他為小珍忙裡忙外，整理小提琴譜，指點指法，協助演奏……，到今天看見小珍媽媽，只一眼她就知道，這麼多的努力都是徒勞。小珍媽媽極美，身上卻帶著揮不去的垂死氣味，活到這個年紀，她們彼此都可以嗅到相近的腐朽。這兩母女相依為命的日子，應該快走到盡頭了，就像她能夠陪在ひろ身邊的餘日也在倒數。也許預知生命有限，這麼多年都過去了，她才開始憐惜他的付出。

這些日子，她睡不好，常常夜半醒來，發現他的電腦沒關，總停在香港那些孩子們的脫序現場。他們有很多朋友，留在日本、留在美國，大家失聯很久了，這幾個月卻密集聯繫，相互關注著香港和台灣的發展。從六月遊行開始，七月恐襲，挑起他們太多關於過往懼怖血腥的記憶，香港的反送中、台灣的大選和世界的角力，好像都綁在一起，他長期選擇沉寂，只在角落裡靜靜關心著、酖慮著。

在這美麗的七夕夜裡，清子仰頭，看月牙兒勾出多少藏在心裡的情意。走在身邊的あきよし、小羅和ひろ，全都這樣歡喜。她搖頭甩開悲傷，清秋冷落，都是以後的事，每一個現在，能夠同行，就值得我們多笑一會兒。也許ひろ一輩子都不會知道，待在他身邊，就是她最心愛的地方，她不知道該如何向他說起，謝謝這一路走來，他送給了她無邊無涯記憶的芬馥。

人生啊！能夠幸福一瞬，也就夠了。

就像懿娟此時正傻呼呼地笑著、樂著，好久不曾這樣熱鬧地過生日。人群散了，阿林陪著她慢慢收拾，她故意擠兌：「大教授，不做學問啦？」

「陪你，今天我洗碗。當作生日禮物。」他難得的好心情，忍不住把洗碗槽的泡沫潑向她，然後，變魔術般從泡沫中掏出一個小小的紅薔薇塑膠袋，她狐疑地接過來，不放心地問：「想幹嘛？」

剝開小塑膠袋，Tiffany首飾盒露了一角，她打開，愣住，那是大學時她畫過的一小片唐草葉子，隨口對他說：「這要做成耳環，多好看！」沒想到，幾十年過去了，Tiffany真推出這款唐草耳環，像通往青春的按鈕，一下子讓她紅了眼睛。這時，輝璧擠到廚房，遞給她一本書。她接過來，看到手寫的書名刊頭：《崑崙十六湖》。咦？書名挺奇怪的，崑崙這麼東方，十六湖卻遠在南歐，一翻開，扉頁上是輝璧的字：「給我永遠的偶像」，書中的主要頁面，是他們一家人在十六湖的照片，輝璧寫了些童年回憶，還有一些手寫稿，特別「大度」地採用阿璞笨死了的醜字，表示歲月存真，還慷慨地拿出寶貝極了的零用錢，送到電腦中心客製四本書，一人一本，一樣的大合照，接下來的個人照呈現完全不同的風貌，這樣，全家人就一起擁有了獨一無二的「屬於我們的書」，懿娟還沒翻完，阿璞就衝過來拉拉她的衣角：「我還沒送你生日禮物呢！」

他踮起腳尖，親了她一下，並且許諾：「媽咪，我答應你，將來留在台東讀大學，這是我送妳的生日禮物。」

懿娟大哭起來，幸福，靠她那麼近那麼近，她怎麼就看不見呢？每一個快樂的人，是不是都是這樣顫巍巍地害怕著，那麼些無從複製的繁華，會不會很快就消失了呢？是不是她必須學會的唯一功課就是，不要貪心，謹記這一瞬之光，就是人生的餽謝？

沒多久，小珍退出群組，手機變成空號。葉以煌到醫院一問，才發現安寧病房人好多，簡直無從找起。「小說拾光」進行了這麼久，他們竟不知道，小珍姓什麼，也不知道小珍媽媽的真實姓名。那個七夕夜裡盛放一地的野薔薇，那寧靜相偎的睡容，那曾經同行的情誼，都像晶瑩的露珠般倉促蒸發了。

小珍的消失，讓葉以煌非常驚惶，不只是因為他在小珍身上投資了深刻的感情，更強烈的是，他在清子的眼神裡，理解了她早預知小珍媽媽的離開。清子的眼神越是安定澄澈，越讓他恐懼。他們在東京，看過太多死亡，每一個人在臨走前，總有一些超乎尋常的靈視和敏銳，清子是他的視聽、他的呼吸、他願意存活的全部，他只想牢牢地握著她的手，永遠都不願意放下。

他關了電腦，不再耗時追蹤著香港越演越烈的衝突，寧願用一整夜握著她的手，即使世界沉淪，也只想和她在一起。他丟掉原先寫好的一萬多字華麗的東京表參道，改寫成一對夫妻的日常生活。住在一棟簡單的兩層樓，從晨起時交會一抹微笑開始，洗漱、活動，各自工作一整天後，回家打開門，看見彼此，才覺得心跳重新開始，地球重新啟動，世界找到新生，所有的秩序都安定在剛好的位置。他最喜歡的設計是，每天早上，用舒曼寫給雙簧管的《三首浪漫曲》中的第二首喚醒妻子，甜甜展開繾綣的心思；再用海飛茲改編孟德爾頌的〈甜美的追憶〉，於溫柔基調中洋溢出簡單如童謠的歡愉；最後，在入睡前，用艾爾加清新的〈晨之歌〉，流露出眷戀的微笑，看妻子以燦如朝陽的笑容說：「晚安！明天見。」

這樣一天、一天過著，用無數個「明天見」累積出六十年、七十年，很快，又將一起再過個九十年、一百年……。在小說扉頁上，他寫了個平淡的標題：〈最美的故事〉，這就是他所能想像的唯一的企盼。

年底聚會時，大家的小說都有了可喜的進度，但也出現一些隱微難言的別離感傷。每個人的作品，或多或少都做了微調，只有阿靜，還是專心致志地，根據既有計畫，延續著阿婆走過的山路，繼續繞山花，慢慢往前行。

一疊又一疊列印出來的稿件攤在桌上，沒人提起小珍，可是每個人都想起她那一雙又一雙適合在櫥窗裡展示的新鞋，來不及，在真實人間裡踩出腳印。隨著「小說拾光」散夥的時間倒數，每個人都帶著點依依難捨的眷戀，滋味莫名地等待著跑道盡頭的曙光亮起，誰都沒有多說，只剩下小羅元氣淋漓地大喊：「希望小珍好好的。」

「我們都要好好的！」あきよし觸摸著筆電裡小羅設計出來的三個程式小助教。他用可愛的臉模變化，區別出「膽怯小超人」、「健忘小超人」和「傷心小超人」，一邊帶著孩子們在遊戲中學習，一邊也把「無論如何都要奮鬥下去」的力量帶給孩子。她和小羅相約，一起帶著這些小故事回陳爸書屋上課，還特意叮嚀：「誰都要好好的！如果不能，也要教會孩子們，無論過得好或不好，都得好好學習，好好地，一路走下去。」

農曆年後，全球瘟疫如末世電影般散播，裂解了緊密的人際關係。大部分的人都在排隊找口罩、搶酒精，「小說拾光」的成員本來就沒有寫作紀律，為期一整年的讀書、寫字，像汪洋中的幾朵浪花，浮浮沉沉，很快被黝暗沉默的汪洋淹沒。

只剩下習慣依賴文字的繞繞，有時會潛水進去逛逛，大家的文章更新，慢慢變少，感覺上，過去一整年的緊密聯繫都降溫了。繞繞無意識地滑著手機。她一直不喜歡太親密的相屬，災難擦過身邊，卻意外撞擊了她，強烈需索著親密聯繫。光是藏在手機訊息裡的「噹」一聲，都變成揮之不去的微風暴！幾個月來，下午兩三點間，來自加拿大的訊息一響，她都要盯很久，那是她失聯已久的父親。父親的訊息多半都是些無意義的字母，仿如在大海彼端，深夜不能入睡時，茫茫然觸摸按鍵時不小心的恍神。她想起父親移民前，母親破破碎碎的笑，腦子裡常響起她的聲音：「我真的很累，不想再逃了。」

在母親堅持離婚以前，外婆常說，繞繞像她，非常勇敢。直到那時她才發現，她如果真的勇敢，怎麼只想逃進圖書館？每天在嘴邊叨念要準備大考，其實只是躲在人群裡發呆。大考一場糊塗，根本記不得在考卷裡寫了什麼？她這一生，不想安定在任何秩序裡，學業，工作，愛情，婚姻，房產……，什麼都綑不住她。母親和外婆先後闔眼休息了，她替她們高興，生活太累了，能夠遁逃是好消息，外婆的告別式，她連父親都沒通知，他是她在世界上唯一的親人了，多年來卻互不聞問，不斷的流動和改變，變成她自己的逃亡。

瘟疫爆發後，她才發現，好慶幸自己有一個家，在台東。有家可以回，讓她特別高興。這次飛回台東，她沒有在偏院睡大覺，待在主屋的時間拉得很長，特喜歡窩在愛琳書房，看她安安靜靜在準備教案，覺得不可思議，在不斷變動著的現實中，竟還有這樣超現實的「永恆不變」，忍不住問：「學校都延緩開學了，不知道什麼時候才能正式上課，你為什麼還能這麼認真地照著原始進度在備課？」

「哪還有原始進度？我在準備線上教學。」愛琳睨了她一眼，沒多說，仿如世界如常。繞繞嘆了口氣：「我就是這個意思啊！無論發生多少事，你怎麼都可以氣定神閒？」

「不是『都』。好嗎？」愛琳不客氣地哼了一聲，淡淡說：「我盡量維持紀律。就是因為我不想再承受另一個『意外』了。」

繞繞吐了吐舌，併攏右手五指在眉尾向她行了個禮，懊惱自己失言。還記得愛琳交出小說稿〈玫瑰〉後，很快又鑽回原來的生活軌道，疫情翻捲了全世界，她下飛機時直奔主屋，用「恨鐵不成鋼」的狠勁追問這不成材、看起來也不想長大的「孩子」：「為什麼所有的生活變動都不能撼動你？你還要埋在苦情裡多久？這世界從不曾和死亡靠得這麼近，你還是永遠不變嗎？」

「怎麼可能？萬事萬般不進則退。這世間，根本不可能存在『不變』。」愛琳不急不緩，一貫悠然。繞繞完全不解：「好啊！那你說，你到底改變在哪裡？」

愛琳懶得解釋，她的世界，一直存在著自己的秩序，不需要跟著繞繞起舞。繞繞很快在書房發現改變，書架上多出很多「洛克菲勒」家族論述，在繞繞還沒開口以前，愛琳先說：「你放心，我不會再用半輩子綑縛自己。我自由了！從現在開始，我和自己相約，每五年專心研究一個家族，最後一年就以小說形式做感性發表。對了，為了呼應你交代的小說底色，你看，小說題目就叫做〈岩石〉，用 Rock 對照 Rockefeller，你看怎麼樣？」

「不錯啊，Rockefeller 的〈岩石〉，還可以呼應 Rothschild 的〈玫瑰〉呢！」繞繞很鎮定，憋住偷笑。愛琳打開桌燈，開始認真研讀，以前認識得不夠深刻的洛克菲勒，這幾年得好好下工夫。這一次的研讀計畫，無關去非，是她自己的事。看著愛琳沉靜專注的側臉，繞繞伸出手，摸摸她的額頭，再摸一下自己的額，淡淡說：「沒發燒就好。我還是回去睡大覺好了。」

無論如何都能睡著，這是繞繞的本事。都說哀樂中年，吃喝拉撒睡，全像電玩卡關一樣，一件一件，找機會就開始拖磨。每一次聽愛琳睡不好，她都一聳肩：「想太多了！人生簡簡單單就好。」

睡一覺，天大的事都會過去。同樣的，睡一覺，再小的事也都會改變。沒事喜歡滑手機、逛逛各個論壇的繞繞，忽然在「小說拾光」私密社團發現，小羅結婚了！他在貼文中丟出兩張笑臉，簡單寫著：「婚禮公證時，只有我們兩個人。疫情孤立了我們的身體，卻拉近了我們的心靈。」

沉寂已久的「小說拾光」成員，忽然都冒了出來。除了恭喜小羅，大家聯結到林承安的「好心晴共學塾」時，發現他的烘焙、星座、心理分析和甜甜蜜蜜的圖文和小詩，成為瘟疫期間最溫暖的避風港。這個原來只想「一個人靜一靜」的私密世界，越來越受歡迎，一下子湧進很多廣告，也擠進太多根本不在乎他喜歡或不喜歡的議題對話。

網路連結就是這樣，闖入的人越多，就越來越不像原來想像的樣子。遲疑了很久，他終於決定攤開「好心晴共學塾」，問問妻子願不願意接手小編，協助他管理、更新？平平點點頭，看起來很平靜，其實心裡翻山倒海。她從小就被訓練得很節制，無論愛或不愛都放在心底，總是把「應該做的事」放在前面，很少爭取「想要做的事」。

和安安結婚，就像過去每一個階段的人生轉換，她也認真付出，努力適應。他們都有自己的工作和沉迷，彼此的人際圈，也幾乎不曾重疊，除了成家的安定，還多了些單身的自由。一開始，確實沒什麼不好，生了阿喜以後，她想給孩子更緊密、更圓滿的家庭生活，才發現她和孩子都只是安安 schedule 裡的一個「嚴謹規畫」，他把他們的生日、孩子學校的活動，寫進行程計畫，時間到了就出現；其他的時間，他埋在自己的世界裡，捉摸不定。她一直很想知道，他在想什麼？他總是一臉倦容地道歉：「上班時說太多了，下了班就不想勉強。」

她知道他有一個挺受歡迎的「好心晴共學塾」，只是他不說，她就為他保持安全的距離，沉默地等待著他的邀請。瘟疫漫天，像一把鑰匙，打開他的心門。她選了個暱名「好心情」，從一個稱職的好心晴小編開始，先靠近「共學塾」，再慢慢靠近她的丈夫，日子悠悠遠遠，瘟疫終將過去，無論是天氣或心情，總有一天會放晴。

最讓大家擔心的，就是あきよし的居酒屋。營業額一直掛蛋，到底撐不撐得下去呢？曉慧找了好多套修仙小說寄給她，還在社群張貼影視原創小說徵獎消息，鼓勵她趁這個意外的長假，好好修潤作品。她倒看得開，比大家想像的還要帥氣：「每個月都在貼老本啊！沒想到，自己的存款也很夠撐呢！吃老本，也是人生成績單的期中考，考得不錯。」

「我們來募款！」懿娟從年輕時就很愛發起活動。あきよし連發了好幾張「昏倒」、「嚇傻」、「裝死」的誇張圖檔後強調：「別搞我！」、「剛在做旅行計畫！！！」、「沒了這個店，還有下個風景！！！！！！！！」

不知道是不是因為貿然冒出「募款」這種話，讓懿娟有點尷尬？她消失了很久，連很少主動聯絡的紫燕都忍不住打了電話。天哪！懿娟不但不覺得發起募款很尷尬，還在這段艱難時光發起新活動，開心地向紫燕炫耀：「你知道嗎？我也打破此生囚牢了，絕對不會輸給你的小說拾光。」

她在「小說拾光」社群貼了個新計畫，聲明自己申請到基金會贊助，以她在父親的醫院和丈夫和學術圈長期經營出來的人際脈絡，建立起基本會員網，儲備不同時間和各種專業的待用平台。也徵得阿林同意，疫情過後，就讓具有醫療專業的園藝團隊，把她們家的六百坪園林改建成無障礙 **healing garden**，以巨大的美人樹為地標，衍生出盆栽展示、園藝資材工具室和健康步道，增植更多長青植物，以及草花、香草、藥草……等不同功能的植物區，花台低於六十公分，即使坐在輪椅上，也能輕鬆彎腰或移動至花台上親近花草或自行栽種。

看著長長的企畫書，人人目瞪口呆，這不是提案，而是即將正式上路的說明。在世界性的災難之前，台灣如風雨中的小船，飄飄搖搖，卻又同舟共濟，知道世界性的災難，慢慢在靠近，我們比任何時候都更珍惜平淡安穩，比任何日子都更願意相互成全，也比像過去的每一場艱難打擊一樣，大家都想，更努力、更認真地走下去。

為了讓像阿靜媽媽這些原可以再奉獻二十年、卻不幸倒下來的「最壯年」，還可以擁抱夢想活得更柔軟，懿娟在線上串連了醫護機構，結合了大學社團和相關科系，認真規畫出規律的護理、照顧和陪伴。設立「線上公益平台」，長期徵求詩詞、文學、書畫、瑜伽、催眠、芳療、按摩、烹飪、茶藝、自然醫療、創造力開發、語文研習……等各級講師，有志工，也有更精進的專業課程設計，讓不同需求的人，在前進不得的頓號中，轉一個彎，重新學習，讀書、交友、改變生活模式，或者是種植、培養，觸摸葉子的質感，嘗嘗植物的甜度，搭配各式香草植物沖泡的花草飲饌，讓大片香草植物散發出來的清香，緩和情緒，看種子發芽、花苞盛放，重新在認知、社交、情感和生理上，找到希望和力量，必要時還可以提供住宿轉介服務。

更重要的是，讓長年無休，導致身心疲憊、精神耗竭的照護者，得有機會，卸下壓力，什麼都不想、什麼都不必負擔，讀讀小說、聽聽音樂、八卦一下不夠如意的人生，擁有一點點自己的時間，做想做的事，或只是吹吹風發發呆，甚至可以休一個長假。她隔空呼喚阿靜：「我們可以讓你母親入園接受一個月照護，記得在瘟疫過後，好好安排一場人生『壯遊』喔！」

看起來，世界的流動停擺了，疫情歷經不斷變種的病毒考驗，不知道還會延燒多久？值得慶幸的是，未來總留下很多縫隙，讓我們懷著希望。

葉以煌發起「夜深了，唱個清歌給你聽」社群活動，整理檔案裡各種原住民孩子們的歌聲，重新編曲、配樂，每到夜裡九點，乾淨的童聲，溫柔的樂音，一、兩分鐘的短歌，像一盞暖暖的小燈，陪大家度過不安的夜，並且歡迎大家隨時上傳各種藏著家庭記憶的歌。深夜時分，非必要大家都不出門了，反而多出一些時間、清空一些心情，聽著每一個不同背景的家庭，傳唱著自己的歌聲。有一些孩子，咬字還不清楚，卻可以唱著歌替大家打氣；有一些小家庭的合唱，那麼簡單，卻又那麼動人；連清子都哼了一小段〈冥想曲〉，第一次讓ひろ深深理解，這裡，就是他們「最心愛的地方」。

他和清子在日本和美國，還有太多朋友，一個又一個病苦傷亡的悲傷消息，不斷傳來，讓他抽離對「失去清子」的恐慌。只剩下感謝，我們還好好活著。原來，一輩子有時很長、有時又特別的短。我們在無邊無涯的生命汪洋上求生，擠在同一條窄窄的船上，握著心所愛的人、看著那溫暖的笑容，每一天都像活過一輩子。

曉慧捨棄了原來的小說稿，趁著忽然多出來的大把時間，重寫〈小說拾光〉。透過二十歲到七十歲間不同族群、不同成長背景的人，在「小說拾光」寫作會中相遇、摸索、閱讀、書寫，從日常生活的城隍廟、十大建設、科學園區、經濟變動，文化符號裡的麥當勞、費玉清、客家、原住民、馬奎斯、柴可夫斯基、羅斯柴爾德、雲端社群和小說創作方法，直到和台灣時空的大環境擦邊而過，白色恐怖、海外民主運動、台美斷交、戒嚴解嚴、總統直選、省籍流離、彩虹公投……，流動到日本、美國、英國、法國、德國、上海、台東、新竹，呈現四〇年代直到現在的生活回憶，以及現代化後強烈的社會轉型，牽動了台灣生活共識，在個別漂流之後，理解群體駐留和依存的意義和價值。

他們在社群裡看曉慧逐日更文，熟悉的故事閃著一點點自己的影子，也映現各自經歷過的不同時空，藉由各種人事物的凝視和重組，慢慢發現，文字是歲月的召魂，呼應《十日談》的三男七女瘟疫避難，交織著音樂、繪畫、精神探索，映現我們一生的選擇、錯過和躁動，瘟疫成為生命考驗的意象。紫燕、懿娟和阿靜這純愛三人組，看到小說中特寫海外網紅 Kuso 費玉清〈一翦梅〉的歌聲，忽然尖叫起來，讀得特別入戲，讓大家都忍不住跟著深切感受，我們的深情磨難，在世界型的災難之前，都成了甜美的記憶，只有在失落邊緣才能確認，平淡安穩，是最大的祝福。

國境封關前，阿世耗盡存款，搶到一張回台的機票。在這之前，他看著滿二十歲的學姐學長們拚命搶機票要回台投票，拚命找機會補位；同時也看見滿校園的同學，瘋狂爭取表現想當教授們的幫手，找機會留歐。沒想到，歐盟面臨經濟和人權的矛盾，移民和恐攻的裂隙，始終找不到合理因應的方法，留學生面對的要求和挑戰，越來越嚴苛，為了留在蒂賓根，他想盡辦法，諸多遷就，還是處處碰壁；到了巴伐利亞邦傳出第一個瘟疫確診病例後，歐洲很快對華人形成一種不友善的氛圍，世界疫情不斷惡化，沒等到交換期滿，只能提前回家。

阿世這輩子躲在電腦視窗背後，透過堂兄弟的上海、陳承業的英國，以及老媽口中的法國和德國，想像著世界有多大？總渴望自己可以飛翔得更遠。好不容易上了大學，處心積慮飛到蒂賓根，以為自己就要起飛了，直到擠在機場，和逃難般的留學生，一起搶那幾個短暫休息的位置，不敢喝水，不敢吃東西，也不敢上廁所，深怕稍一移動就沾染上病毒，這時才知道，原來，有一個家可以回，這麼幸福！「想家」是這樣鋪天蓋地的支撐和歡喜。

不斷做好心理準備，提早「失去阿世」的紫燕，看到兒子回家，什麼都說不出來，只管緊緊抱住，像回到孩子初生時，捨不得鬆手。阿世覺得很尷尬，推了推她：「老媽，別這樣，我不就回來了嗎？」

回到家，第一件特別想要做的事，就是躲進電腦裡讀老媽的小說。阿世咬著麵包，邊看邊搖頭，這算小說嗎？簡直是穿上純愛外衣的「造假日記」，老媽藏在記憶底層的青春幻影，經過太多美化，他一邊對照著記憶裡的老爸、老媽，一邊嗤笑：「哎唷！這還剩多少事實？可不可以不要這麼肉麻？」

疫情在真實生活裡翻滾著，時伏時起，像難以預測的浪濤，才稍稍退了些又湧上來，全世界的悼亡悲苦，都在相互淹沒，同時也相互掩護，誰都不能置身度外。阿世和老媽坐在剛改建的和室裡看新聞，相伴無言。全球災難隨著天災人禍不斷在新增和崩裂，越來越迫近的災難考驗，讓人特別珍惜，有家可以回，真的很幸福。回頭看看老媽，他有點心疼，伸手把老媽的髮揉亂了，想起一路走過的這麼多共同往昔，又在人生的追尋上分歧又相聚，終於理解，老媽是如何懷著想飛的渴望掙脫原鄉，經歷過靠夢想很近很近、卻又在夢的小花剛剛綻放時，不甘不捨地看著它凋零。

他們一起在上海、在台東共同生活，然後他飛到蒂賓根、老媽在「小說拾光」的文字交會，和更多的別人「擠在同一條窄窄的船上」。有人留下，有人離開，有人且看且行走走停停。

生活就是這樣，永遠帶著無止境的困頓和煩惱，直到瘟疫爆發之前，我們都不知道，原來，安穩無事就是最大的幸福。阿世和老媽擠在同一張老沙發上，一起做起大夢。總有一天，要親自翻修這棟老房子，換上大片落地窗，規畫出格子窗面，映出搖曳的樟樹暗影，蜷在窗邊，讀一排又一排小說，一天翻過一天，翻了一頁又一頁，一抬眼，還可以看見一百號的〈飛〉，盤據在客廳牆面上，流光漫漫，收藏著好多美麗的記憶。

陽光暖暖的，日子永遠都過不完……

九歌文庫 1373

小說拾光

國家圖書館出版品預行編目（CIP）資料

小說拾光 / 黃秋芳著 . -- 初版 .
-- 臺北市 : 九歌出版社有限公司 , 2022.02
面 ; 公分 . -- (九歌文庫 ; 1373)
ISBN 978-986-450-404-6(平裝)
863.57 110022397

作　　者 —— 黃秋芳
責任編輯 —— 鍾欣純
創 辦 人 —— 蔡文甫
發 行 人 —— 蔡澤玉
出　　版 —— 九歌出版社有限公司
台北市 105 八德路 3 段 12 巷 57 弄 40 號
電話／02-25776564・傳真／02-25789205
郵政劃撥／0112295-1

九歌文學網 www.chiuko.com.tw

印　　刷 —— 晨捷印製股份有限公司
法律顧問 —— 龍躍天律師 ・ 蕭雄淋律師 ・ 董安丹律師
初　　版 —— 2022 年 2 月
定　　價 —— 300 元
書　　號 —— F1373
I S B N —— 978-986-450-404-6
9789864504022（PDF）